盗作・高校殺人事件

新宿駅の九番線ホームで電車を待っていた牧薩次のうしろで鈍い爆音とともに売店から黒煙が上がった。パニック状態に陥った群衆は階段に殺到し、折り重なって転落した。死者9名、重軽傷者61名の大惨事であった。病院に担ぎ込まれた薩次は同室の若い被害者2人と意気投合し、その中の1人、三原恭助の実家、鬼鍬温泉に、退院後それぞれカップルで出かけることになった。だが、そこで密室殺人事件に巻き込まれる……！　『仮題・中学殺人事件』に引き続き、今度は「作者は　被害者です／作者は　犯人です／作者は　探偵です」と、作者が仕掛ける超ミステリ。ポテトとスーパーの名推理が冴える第2弾、ファン待望の新装版。

登場人物

牧薩次……………高校二年生、ポテト
可能キリコ…………薩次の同級生、スーパー
可能克郎……………夕刊サン記者
三原恭助……………新宿駅事件の被害者。高校生
毛利しげみ…………恭助のガールフレンド
上野武………………新宿駅事件の被害者。高校二年生
野原留美子…………武のクラスメイト
三原怜子……………恭助の死んだいとこ
三原鉄治……………恭助の叔父
三原晋也……………鉄治の息子
王仁警部……………地元警察署の警部
Ｉ……………………Ａ社の文庫担当編集者

盗作・高校殺人事件

辻　真先

創元推理文庫

PLAGIARISM:
SENIOR HIGH SCHOOL MURDER CASE

by

Masaki Tsuji

1976,1990

目次

盗作・高校殺人事件

序幕　鬼鍬温泉縁起

むかしむかしの話だと。

いまじゃ鬼鍬村《おにくわむら》は、人間ばっかし住んどるが、ずうっとむかしは、大勢の鬼が暮らしておったそうな。

鬼、ちゅうもんを知っとるかい。

おめえら若え者《わけもん》は、ろくに名前も聞いてねえべ。

んだ。

絵話《えばなし》じゃあ赤鬼だの青鬼だの、頭さ二本の角をはやしてよ。大きな目ん玉ぐりぐりさせてよ。長い牙をどきどきさせてよ。そりゃもう、おっかねえかっこうに描いてあるげな。

だども、そりゃほんとうの鬼じゃねえ。

鬼だ人だちゅうても、みてくれは大してちがやしねえと。ただならべてみりゃあ、鬼の方がいくらか背が高いんだと。なによりちがっとるのは、心ばえだ。目には見えん胸のうちが、鬼と人ではどえらいちがいがあるそうな。

鬼はこわいが人はやさしいちゅうことか、じゃと？

うんにゃ。

鬼はわるさをするが人はしないちゅうことか、じゃと？

うんにゃ。

人にも、鬼よりこわい人間がいる。人にも、鬼よりわるい人間がいる。鬼ばかし、化けもんあつかい、わるもんあつかいはかわいそうだべ。

ではいったい、どこがちがうというのか。

鬼はなあ……

体ん中をながれる血が、つべてえんだと。

人の体にゃ、あったけえ血がながれてる。だから抱きあえば、互いにほんわかほんわか、心まであったまってくる。あっちの心臓からこっちの心臓へ、どっくんどっくん、血がかよってくる。

鬼ちゅうけものは、そうはゆかねえ。手をとっても、ほおずりしても、抱きあっても、しんしんと体のしんまでひえてくるだ。親と子の間も、男と女の間も、そうだ。そうだども、若えうちは鬼自身にも、それがわかんねえだと。手がつべてえのは水仕事のせい、ほおがつべてえのは吹く風のせい、そう思いこんでな。鬼だって、いつかは心の奥底さらけ出してよ、あったためあえる相手がみつかる！　信じて、念じて、祈って、十年二十年三十年と、その相手をさがしつづけるとよ。

それでも相手はみつからねえ。しょせん鬼は鬼、生まれついての血のひやっこさはどうにもならねえと、やっと得心いったころにゃ、腰は曲がって歯はぬけて、やがてぽっくりいっちまう。鎌みてえな新月が空にかかって、びょうびょうと、風が狼《おおかみ》そっくりに吠《ほ》える晩にな。

鬼鍬村に、力自慢の男鬼が住んでおったと。その若者が、やっぱりおなじ考えをもっておった。

(おれにふさわしい、器量よしで心のやさしい女が、今にみつかる。その女となら、肌と心をあっためあうことができる)

そう思って、あっちの家こっちの家、おなし年ごろの女鬼をさがしておったそうな。

やがてその男鬼が白羽の矢を立てたのが、えぼし岩の前に住む、ほんのおぼこの女鬼だったと。笑うと糸切り歯が牙のように、ぴいんと唇から突き出して、それはかわいい顔じゃったと。

ひと目見て、男鬼は惚《ほ》れた。

ふた目見て、男鬼はうずいた。

三日目、男鬼は狂うとった。

畑仕事の帰りに、女鬼を待ち伏せたそうな。

「いうこと聞がねば、この鍬でおどしてやるべ」

そういいながら、当の男鬼の方こそ、がちがち歯を鳴らしておったと。

山の端《は》におぼろ月がのぼるころ、目ざす女鬼が通りかかった。男鬼は、ひと声おめいてとび出した。

「おめえが好きだ」

だしぬけのことだで、立ちすくんでいる女鬼を、男鬼は力まかせに抱きしめた。

どっくん、どっくん。高鳴る心臓のひびきは伝わっても、肌のぬくもりはこれっぱかしも伝わらねえ。

こんなはずはねえ！　こんなはずはねえ！

やっきになって、男鬼は女鬼の体をぐいぐいとしめあげたそうな。いくら力を入れても、石の地蔵か人形か、氷みてえにひえたっきりだ。そのうち、どうしたことか女鬼は、ぐんなり体の中の力をぬいて動かなくなった。力自慢の男鬼、夢中になったあまりに、相手をしめ殺してしもうたとよ。

おどろいた男鬼は、女鬼の体をゆすぶった。だども、いっぺん死んだもんが生きかえるはずはねえ。

男鬼は、おいおいと泣き叫んだ。

鬼の血のつべたさが、今ほど悲しく呪《のろ》わしかったことはなかろう。

泣く泣く男鬼は、死体を埋めようとして、鍬をふるった。

そのときだ。

どぼどぼと音がして、掘った穴から水が湧《わ》き出したとよ。夜目にもかすかに、湯気が見えたそうな。手をつっこんでみりゃ、人肌に近いあったかさだ。

水じゃねえ、湯だ！

湯のながれは、みるみる勢いを増して、地べたに伏したまんまの女鬼の体を包んだと。それを見て、男鬼はなにを思うたか、湯けぶりあげてながれにとびこみ、もういちど女鬼を抱いた。

そして、叫んだそうな。

「あったけえ。あったけえ。おめえの体が、あったけえ！」

あくる朝、村の鬼たちは、湯気に包まれておぼれ死んでいる男鬼と、その腕にひしと抱かれた女鬼を見つけた。

ほうり出された鍬の刃が、朝の光にきらきら光って、お湯はどぼどぼ、やむことなしに流れつづけておったと。市んさかえ。

第一幕　まぼろしのレイコ

1

一九七×年八月七日午後二時四十分。

――と、こう書けば、記憶のいい読者なら、反射的にあの大パニック、新宿駅《しんじゆく》九番線事件を思い浮かべるにちがいない。厳密にいうと、事件発生は二時四十六分だった。したがってこの物語は、パニックが開始される六分前に、幕をあげることとなる。

とにかく、暑い日であった。

ラッシュには間《ま》があるが、日本最大のターミナル新宿駅に、閑散時なぞ存在しない。ここ九番線も、白っぽい服装の人びとでごったがえしていた。

新宿駅は、一番線から十番線まであわせて五本のホームが南北にのびている。その西端にあたるホームを、九番線と十番線が挟んでいた。九番線は山手の外回りで池袋《いけぶくろ》方面へむかい、十番線は総武、中央線の各駅停車で三鷹《みたか》方面へ走る電車を、それぞれ発着させている。

太陽は隣接した小田急デパートの肩ごしに、容赦《ようしゃ》ない光と熱をホームへ送りこんでいた。風はそよとも吹かず、仰げば空はまぶしいほどの青さだ。売店ではひえたコーラやジュースが、飛ぶように売れていた。見たところ、十番線には人影がなく、ほとんどの乗客が九番線に集まっている。ホームの屋根の影が落ちているからだ。わずかな日陰で涼をとろうと、電車待ちの客たちはいいあわせたように九番線へ移動していた。それがまた、いっそう事故の犠牲者をふやす原因になったのだが。

客の中に、高校二年の牧薩次《まきさつじ》もいた。

近ごろの若者にしては、背が低い。というより、足が短い。その分だけ胴回りが太いから、体重だけはふつうの少年並だ。体がまるいのと比例して、顔も、目も、鼻もまるかった。悪相、という言葉はあるが、善相というのはあまり聞いたことがない。もしそんな言葉があるとしたら、それがそのまま薩次の顔だ。教室で級友同士がつかみあわんばかりの口論をしていても、薩次が間にはいって、

「ええと……今日の学生食堂のおかず、なんだった?」

焦点の外れた話題をもちだすと、それっきりなんとなくおさまってしまう。ときには下級生の男の子がクラブの不満をぶちまけたり、女の子が上級生への恋の仲立ちを頼みにきたり……と、薩次の善相はひっぱり凧《だこ》である。

「人徳のあらわれかな」

自分のことながら感心して、薩次が首をひねると、中学以来のガールフレンドである可《か》能《のう》キリコが笑った。

「みんな、きみの顔にだまされるのさ」

「そんなにおれの顔、出来がいいかい」

「少なくとも、あって邪魔にならないツラだもん」

三センチほど薩次より背の高い、正確にいえば足の長いキリコは、相手のニキビ面《づら》を見おろしていった。

「どことなく信用ができて、なんとなく公明正大に見えて、気のせいかたよりになりそうなんだよ、きみの顔は」

「へえ」

「学生ローンへ行ったら、貸す方で目いっぱい貸したくなる。そんな雰囲気だね」

「へえ」

「最大のメリットは、男でも女でも、きみとしゃべっている間は、顔についてのコンプレックスを忘れられることさ」

「へえ……なんだ、そりゃ」

薩次は、北海道産の男爵《だんしゃく》イモみたいな顔に、苦笑いをうかべた。

「よっぽどぼくの顔は、ひどいんだな」

「ひがみなさんな。こんなことといわれても、にやにや笑っているとこが、きみの取り得なんだから」

そしてキリコは、ちょっと声を落としてつけくわえた。

「きみが、見かけよりずっと食えない人間だってこと、私だけは知ってるもん」

どう食えない少年であるかは、話のすすむにつれ、おいおいとわかってくることだから、先をいそごう。

目下薩次は、背筋を流れる汗に閉口しきっていた。ふとっちょのかれは、汗っかきである。歌舞伎町《かぶきちょう》の映画街から駅まで、ほんの数分歩いただけで、プールからあがったみたいに全身汗びっしょりとなっていた。汗で貼りついた下着というのは、なんとも気色のわるいものだ。

(くそお。ここでストリーキングがやれたら、爽快《そうかい》だろうな)

全身を包む熱気をもてあまして、薩次はふいごのような吐息をついた。まったく、日本中がサウナ風呂になったみたいだ。おなじ駅でも、地下鉄新宿駅は冷房化されて快適になったが、素通しの国電ホームでは、どうにもならない。

(いっそ、ホームの天井から、ドスや日本刀を、ずらっとぶら下げたらどうだろう。少しはひやりとするんじゃないかな)

くだらないことを考えながら、薩次はぼんやり視線をうつした。映画帰りらしい女高生が数人、ぺちゃくちゃしゃべっていたが、どいつもこいつも見るからに暑くるしい不美人ばかりだ。あの連中にくらべれば、口がわるいのは欠点だが、キリコの方がはるかに魅力的な少女である。

むろん、今日新宿へ出るときにも彼女を誘ったのだが、あいにく薩次とキリコでは、映画の趣味があわない。

「愛の名作三本立て？　つまんないよ、そんなの。私ゃドタバタ喜劇か、チャンバラがいいね」

かるく一蹴《いっしゅう》されてしまった。おかげで薩次は、愛の名作をひとりで鑑賞する羽目となったが、直前の客席に坐ったのは、もてない薩次を嘲弄《ちょうろう》するかのような高校生のアベックで、映画を凌《しの》ぐラブシーンの熱演を展開した。愛の実技を観賞させられて、頭に血がのぼった薩次、二本目の半ばまで見たところで、とうとう映画館を飛び出したのである。

（中にいてもアツい、外へ出ても暑い）

なにか涼しくなるような風景は、目にはいらないものか。首を回した薩次は、一瞬ぎょっとした。

かれのすぐ隣に立っていた、大柄なTシャツの少年。その横顔が、異様に白茶けて見えたからだ。両の目を飛び出しそうに見ひらき、唇はあけはなしたままひくひくとふるえている。薩次は、少年がなにかの病気に罹《かか》っていて、発作をおこすところかと思った。だが、ちがった。少年はやっとのことで、唇を舌で湿してつぶやいた。

「レイコ」

レイコ？　薩次はとっさに、少年の視線を追った。

少年がみつめているのは、おむかいの八番線だ。なにが、かれをそんなにおどろかしたのだろう。見たところ、筋骨隆々の体格で、分厚い唇には、ふてぶてしささえうかがわれる少年なのに、その表情をぬりつぶしているのは、あきらかに恐怖と衝撃の色であった。

（彼女だろうか）

ようやく薩次は、それらしい対象を八番線にとらえた。このくそ暑いのにきちんと上着をつけたサラリーマン風の男と、ビーチウエアみたいな原色のドレスを着た女に挟まれて、ひっそり立っているひとりの少女。左手に黒っぽいカバンを提げ、右手で長い髪をかきあげている。どこの制服か、古めかしい型の、それも茄子《なす》色のセーラー服を着こんだ女高生だが、ぬけるように白い顔が印象的だった。少女の方も、九番線のホームぎりぎりからにらんでいる少年の視線の熱さに気づいたらしい。おびえたように、サラリーマンのかげにかくれた、その瞬間であった。薩次の背後でどうんと鈍い爆音がとどろいたのは。

時、まさに午後二時四十六分。

2

爆音と同時におきた爆風が、薩次の背をたたいた。あやうく、線路の上へ落ちるところを、必死にふみとどまった薩次は、ふりかえった。爆発が起きたのは、鉄道弘済会の売店らしく、もうもうたる黒煙に包まれている。ボックスそのものも大きく裂けて、週刊誌やら菓子やら瓶やら、惨澹《さんたん》たる有様で飛び散っている。売り子の小母さんが、血まみれの顔でかけ出してきた。小母さんにしても、あたりの客にしても、てんでに大声でわめいているはずだが、なぜかそれらの声は、ひとつとして薩次の耳に届かなかった。ただ無残に破壊された売店の姿だけが、ズームアップされたように薩次の視野に拡大されて――

それがまた、柘榴《ざくろ》の実のようにひッ裂けた。二度目の爆発が起こったのだ。一時は活人画のように動きをとめていた群衆も、つづけざまの爆音に、われを忘れた。足が舞い、宙を躍《おど》った。三度目、四度目の大爆破を予感して、電車待ちの客たちは、野火《のび》に追われるけもののように、階段へ殺到した。

後日の調査によれば、爆弾はいたって破壊力の弱いお粗末なものだった。直接の被害は、売店と、売り子の小母さんだけにとどまっていた。だが、事件がおわってみれば、死者九人、重軽傷者六十一人の冷酷な数字が、その後に展開したパニックの凄《すさ》まじさを語っているのだ。

ある大学の心理学研究室で、こんな実験が行われたことがある。

出口がひとつしかない箱に、十五匹のネズミを入れ、床に電圧をかける。はげしいショックをうけたネズミの群れは、われがちに出口へ殺到する。先頭が押されてつまずく。その上に折り重なる。出ようとしても、出られない。ネズミたちは、牙をむき、鳴きわめき、仲間をふみつけて先を争う。出口を中心に、かれらは半円形をなして押しあいへしあいをする。専門用語で「アーチアクション」とよぶのだそうだ。

学者によれば、人間の密度が一平方メートルあたり一・五人をこすと、先頭のだれかが転んだだけで、群衆の流れは混乱する。しかしこの瞬間の、新宿駅九番線中央階段では、群衆密度が確実に、一平方メートルあたり三人を突破した。

当然、大規模なパニックが発生した。

現実の爆音は二度でやんだのに、人びとは今にもホームの床に亀裂が走り、根こそぎ地下道へ陥没するような幻想におびえて、死にもの狂いでもがきつづけた。学生も銀行員も商社マンも、エリートもへったくれもあるものか。かれらは、電気ショックをうけたネズミより、もっとぶざまに理性を抛棄《ほうき》した。タイル壁の清潔な階段は、地獄への導坑と化した。品がよくてモダンな、いかにも山手好みのお婆さんが、まず突きとばされた。突きとばしたのは、お婆さんから見れば、娘ぐらいの年ごろの小ぶとりの婦人だった。その婦人も、ほとんど同時につんのめっている。仕立ておろしらしい渋い配色のツウピースが裂け、二十四金（だろう）のネックレスが飛び散った。どこかで赤ん坊の悲鳴があがり、押し潰《つぶ》されたように途切れた。メガネが割れ、腕時計がちぎれ、カバンがひしゃげ、ベージュ色のタイルに血のりが刷《は》かれた。

駅ではないが、階段を舞台にした惨事としては、およそ二十年前の彌彦《やひこ》神社事件がある。きわめて偶発的に起こった悲劇だったが、犠牲は実に死者百二十四人、負傷者も一説では百二人に及んでいる。それほど、階段でのパニックは、逃れようがないのだ。

怒号と狂乱の渦の中で、薩次は観念の目を閉じていた。

（勝手にしろ）

今の今まで、自分の周囲に立っているのは人間とばかり思っていた。それがどうだ。二度の爆発を目撃しただけで、野獣に変身して大暴走《スタンピード》をはじめるとは。

群衆にもまれ、ねじられ、体のどこかが軋《きし》んだ。

（骨が折れるかもしれない）

できるだけ無抵抗に、群衆の海をクラゲのように漂っていた薩次の目の前に、ふいにひとりの少年の苦痛に満ちた横顔があらわれた。ついさっき、八番線の少女をみつめて、

「レイコ……」

と、うわ言じみたつぶやきを洩らした、あの少年である。

(きみもまきこまれたのか。ひどいもんだね)

こんな場合にもかかわらず、薩次は白い歯を見せようとして、ちょっとあわてた。足の下にあるべき床がない。人波に押されて、階段へさしかかったのだ。と思ったとたん、体の一方におそろしい圧力が加わって、かれと少年をふくめた一団は、将棋倒しとなって奈落の底へ転げ落ちていった。

3

「なんだ、生きてたのか」

というのが、見舞いに来たキリコの第一声だった。

「思ったよか丈夫なんだね、きみ」

なぞとほざきながら、枕元の小椅子に腰をおろし、長い足をもてあましたみたいに、薩次の鼻先でひょいと組む。そういう本人だって、JIS規格で耐久力を保証されたような腰と足だ。おまけに服装がブルーのホットパンツときては、薩次として目のやり場がない。誤解のないよう念を押すと、やり場がないからおなじ所ばかりじーっと見ている。注視することを「穴のあくほど」という形容があるが、ひょっとしたら薩次は、本気でキリコのホットパンツに穴をあけるつもりかもしれない。

「きみのその目、いやらしいんだよな。少しは遠慮して、あっち向いたら」

キリコにずけずけいわれても、薩次は動じない。

「お尻を怪我してるんでね、寝返りうてないんだ」

「おや、おや。かっこわるくて、ポテトらしいよ」

ポテトというのは、薩次のニックネームである。人間の顔として見るから上等とはいえないが、イモだと思えば薩次はどうして味のある風貌《ふうぼう》をそなえていた。

金属製のベッドにうつ伏せになったきりの薩次は、いくらキリコに悪態をつかれても、にやにやと笑うばかりだ。むりもない。この病室には、薩次をふくめて三人の怪我人が収容されているが、いの一番に見舞いに飛びこんだのは、キリコだったから。

「偶然だよ、偶然」

と、キリコは強調する。

「喫茶店で油売ってたんだ。そしたらテレビで、九番線の事件を流したじゃん。ほいでもってきみの名が出たから、さすがの私もあわてたね」

すぐに薩次の家へ連絡をとり、自分はとるものもとりあえず新宿駅へかけつけて、この西口病院を教えてもらったのだ。

「急いでくれば、見舞いをもってこない言いわけになるし、一見誠意があふれているように見えるし」

「そんなことか」

薩次は鼻を鳴らした。

「急いでかけつけてくれたのは、てっきりきみが、ぼくをアイしているからだと思ったのに」

べつだん作者は「愛」という漢字を知らなかったのではない。高校生の薩次が、若干《じゃっかん》の照れをこめて発音した、そのニュアンスを伝えようとしたまでである。薩次、キリコ間の友情のレベルの、おおよそを察してやってほしい。

「同級生か？」

隣のベッドから、声がかかった。レイコとつぶやいたあの少年だ。左足のくるぶしを折って、担《かつ》ぎこまれたのである。名は三原恭助《みはらきょうすけ》。それ以上くわしい話は、まだ薩次もかわしていない。

「ああ」

人見知りするたちの薩次は、初対面の相手には口数が少ない。それをカバーするのが、いつもキリコの役どころである。

「中学からずっとよ。かれは牧薩次、通称ポテト。私は可能キリコ、通称スーパー」

「もう、キスぐらいしてるんだろ」

恭助は、ずけずけと聞く。

「ご想像にまかせるわ」

「いいのか、そんなことをいって」

恭助がにやりと笑うと、妙におとなっぽく見えた。唇の端に浮いた皺《しわ》が、浮世の苦労をさんざ舐《な》めさせられて、人生を斜めにしか見られなくなった、中年男みたいな雰囲気をつくるのだ。

「おれの想像によるとだな、おめえら中学一年で手をにぎって、二年でキスして、三年でペッティングして、高校一年でファックして、きのうオロしてきたところだ」

「あらそう。そんなにすっきり見える？」

キリコも負けずに、にっこり笑う。

「出すもの出して、スッキリしたとこだけは、あたった……なにをかくそう、この一週間便秘気味でござんして」

「おめえ、いうじゃん」

「きみも、ね」

キリコと恭助は、傍若無人《ぼうじゃくぶじん》にわははと笑った。大口あけたガールフレンドの横顔を、苦笑しながら薩次は見た。どうでもいいけど、もう少し女の子らしいはじらいの表情をつくってくれないかな。

「想像力ゆたかなことだけは、みとめてあげる。小説家にでもなったらどう」

キリコのその言葉を聞いてか、あるいは偶然のタイミングであったか、恭助の隣で背をむけていた少年が、くるりと寝返りをうった。

「ごめんなさい。声が大きすぎた？」

と、キリコが首をすくめる。

「いや、いいんだ。どうせ眠ってやしなかったから」

少年は、白い歯を見せた。まずは眉目秀麗《びもくしゅうれい》、歯みがきのＣＭぐらいには出られそうなマスクである。

「あなた、名前は？　怪我は？　学校は？」

キリコの矢継ぎ早の質問を、恭助がひやかした。

「おめえ、わりと面食いだな。肝心のボーイフレンドがかすんじまって、カッカしてるぜ」

「ぼくなら慣れてるよ」

と薩次が答えた。

「彼女はよくいや知識欲旺盛。わるくいや弥次馬。だからきみ、返事してやった方が身のためです。さもないと、当分きみにつきまとうから」

「おっかないんだね、キリコさんは」

少年がまた、人なつこく笑った。

「わ！　もう私の名をおぼえてくれたのか。感激」

「でも、通称のスーパーってのが、わからない」

「大方おやじがスーパーマーケットを経営してるんだろ」

と、口をはさむ恭助。

「それもあるけど、もうひとつの意味はスーパーウーマンなんだよ」

薩次の解説を、恭助が聞き咎《とが》めた。

「なんだそりゃ。空を飛ぶのか、弾《たま》よりも速いのか」

「あいにく私はサイボーグじゃないから、そんな器用な真似はできないね。でも」

なんの飾りもない病室を見回したキリコは、壁にとりつけられた洗面台に歩みよって、魔法瓶をとりあげた。

「この中のお湯、いついれた？」

「つい今し方だ。ぐらぐら煮えたっていたから、気をつけろよ」

言葉は荒いが、恭助は案外親切なたちらしい。

「そう」

うなずいたと思うと、左手を洗面器の上にさしのべて、無造作に魔法瓶の湯をかけた。

ざあっという音といっしょに、もうもうとたちこめる湯気。

「なにをする！」

恭助ともうひとりの少年は、怪我も忘れてベッドからはね起きそうになった。だが当のキリコはけろりとした顔で、ハンケチで左手を拭き、

「どうってことないわ。ちょっと手を洗っただけ。熱湯消毒よ」

「し、しかし、やけどは」

さすがにどぎもをぬかれたとみえ、恭助が口ごもっている。

「するもんですか」

「信じられない」

少年が呻《うめ》いた。

「キリコ流熱湯術……といえばかっこいいけど、こうやって掌《てのひら》を下へむけておけば、お湯はすぐに流れおちて、やけどするひまもないの。わかる？　人間の皮膚には水分があるでしょう。だから、ごく短い間ならその水分が蒸気となって皮膚を守ってくれるわけ。ただし、五本の指はぴったりつけておかないと、お湯に触れる面積がふえるからあぶないわよ」

キリコの講義を聞く、少年ふたりのあきれ顔を見て、薩次はくすくす笑った。

「この程度はほんの小手調べでね。空手に合気道、古流柔術、小太刀から、易占だの九星術だの、ＵＦＯに凝ったと思えば法医学を勉強したり、時刻表を丸暗記して、百科事典を

愛読して、推理小説を乱読したあげく、本ものの事件の謎を解き……なんでもかんでもやってみようという、スーパーウーマンなのさ、この人は」

「学業に関係ないことならって註をつけてね」

と、キリコがいった。

またポカンとしている少年の一方を見て、

「こっちの答えはすんだけど、そっちの答えはまだかしら」

「え……ああ、これは失礼」

やっと、少年は口をひらいた。

「ぼくの名は、上野《うえの》武《たけし》というんです」

4

外見通り、武は優等生だった。名門東城《とうじょう》高校の二年というだけでも察しはつくのに、その日の夕方から、大袈裟《おおげさ》にいえばひきもきらない見舞客が、口をきわめてほめそやす。クラスメートの男子あり女子あり、テニスクラブのOBあり、かれが会員として登録している、近所のテニスコートの経営者までつめかけたのには、薩次もおそれいった。肝心の武の両親の方が、おくれて来たくらいだ。

武の父は上野了介《りょうすけ》といって、建築会社の社長だ。それも、町の土建屋に毛が生えたような代物《しろもの》ではない。東証二部に株式を上場されたばかり、いま上り坂の中堅企業だった。いわば、親子そろって優等生なのである。

会社の社長と聞いて、薩次が描くイメージは、おなかが出て、髭《ひげ》を生やして、金歯に葉巻をくわえた、はげちゃびんだったが、上野氏はちがった。ほどよくしまった筋肉質の体を、ダークグレイの背広に包み、薩次や恭助たちにも、丁重な態度を崩さなかった。

「おたがいに災難でしたが、傷が軽くてなによりです」

ちょうど来あわせた薩次の父親に名刺を渡しながら、

「いずれ国鉄の賠償問題で、被害者同士連絡をとらねばならんと思います。その節は、よろしく」

挨拶をされて、駅弁大学の教授をつとめる薩次の父をうろたえさせた。

「は、いや、こちらこそ」

他人に講義以外はおよそ口下手なおやじと、他人に頭を下げさせることに慣れた上野氏を見くらべて、薩次はしばし憂鬱《ゆううつ》になった。

「三原君でしたね」

上野氏は、恭助にも温顔《おんがん》をむけた。

「そうですよ」

ぶっきらぼうに答える恭助の枕元に、だれひとりつきそう者がいないのを知って、社長は眉をひそめた。

「親御さんは、まだご存知ないのかな」

「死んでるんです、両方とも」

恭助があっさりと答える。

「母親は、おれを産んですぐ。父親は、二年前脳溢血《のういっけつ》でころり」

まるっきり、他人の話をしているみたいだ。もっとも、最近の子どもたちは、実の親を呼ぶのに、

「ちょっと！　そこのヒト！」

というそうである。

「お気の毒に」

いっそう顔を曇らせて、上野社長は熱心にたずねた。

「身寄りの人は？　学校は、どうしているんです」

「よぼよぼの祖父と、強突張り《ごうつくば》の叔父上なら、国にいますけどね」

恭助の口調は、なげやりだった。

「国ってのは、甲州《こうしゅう》の山ん中です。知らねえだろうな……鬼鍬温泉」

「ほう、珍しい名前だ」

社長が感心すると、まだ薩次のそばでねばっていたキリコが、スーパーぶりを発揮した。

「鬼が鍬で掘りあてたという、いいつたえのある温泉だったわね。温泉といっても、泉温二十五度未満だから、沸かし湯だけど」

ぴーっと、恭助が口笛を吹いた。

「なるほど、どうでもいいことをよく知ってやがる。その源泉のもちぬしなんだよ、おれのサマジイは」

「サマジイ？」

首をかしげた社長に、キリコがまた解説をくわえる。

「おじいさまを、あべこべにいうからサマジイ。小父さんたちが若いころ、上野をノガミ、新橋をバシンといったでしょ。おんなじ要領ですわ」

「たしかに学校では習わんことを、知っていますね」

スーパーの由来を息子に聞いたとみえ、社長は感服したように首をふったが、それにしてはどことなくひややかな口ぶりが、薩次の気に入らなかった。

「鬼鍬へは、おれのスケが長距離かけにいったけどな」

スケぐらいなら、社長にもわかるのだろう。苦い顔をしただけで、今度は問い返さなかった。わざと古いぐれん隊用語をもち出して、ワルぶってみせる恭助に、薩次は笑顔をむけた。

「彼女、なんといったっけ……毛利《もうり》しげみか。美人だね」

「みんな、そういうぜ」

恭助は、しゃあしゃあと答える。

「あれでもう少し、口のへんにしまりがあったら、ミス中条《なかじょう》高校に推薦してやるんだが」

「中条高校……あなたもそこの生徒さんですか」

「むりに〝さん〟をつけることはないよ、社長さん」

恭助がいう。

「東城と中条は、年中ケンカをしてる仲だもんな」

「だからって、われわれがケンカする必要はありません」

口をはさむ武に、

「そうともさ」

恭助はにやりとした。

「仲よくやろうや……ひとつ釜のめしを食った仲だ。社長さん」

と、また顔を武の父にむけて、

「ご心配なく。大事な息子さんをいじめたりしませんから」

「いじめる？　そんなことは思っちゃいない」

「そう無理しないで。いやな男といっしょになった、病室をほかへうつしてもらおう。そう思ってるんでしょ、社長さん」

「ばかな」

社長はさすがに、いいあてられたという素振りなぞ、これっぱかりも見せずに笑いとばした。

「仲よく全治一週間同士だ。よろしく願いますよ。牧さんも」

ふりむかれて、薩次のおやじは反射的に頭をさげている。

「どうか、よろしく」

ドアが勢いよく、ばたんと開いた。

「恭ちゃん、かけてきたよ」

てっぺんへぬけるようなかん高い声で報告するのは、恭助のガールフレンド、毛利しげみだ。熱帯産の蝶みたいに派手なワンピースを着ている。

「鉄治《てつじ》のやつ、いたか」

「鉄治？　あはは、あんたの叔父さんか。いたいた、排気ガスみたいな声でしゃべるから、聞きとりにくくってさ」

「見舞いになぞ、行かんといったろう」

「いったよ」

「どうせそうくると思った」

「とりつく島もないじゃん。そいでさ、あたしもカチンときてね。アーラ叔父さまつめたいんですのね、っていってやったらさ、退院したあと傷の養生に鬼鍬へおいでと、猫なで声よ」

「鬼鍬か」

恭助の表情がふっと和《なご》むのに、薩次は気づいた。ふるさとの名のひびきが、この一見ひねくれた高校生の胸にも、なつかしさを呼びおこしたのだろう。

「行ってもいいな」

「あたしも行く」

しげみが、はずんだ声でいった。

「どうせ夏休みだし……あんたがいなけりゃ、あたし東京ですることないもん」

しげみの指が、いつの間にか恭助の指にからんでいたので、薩次のおやじが、あわてたように目をそらした。どうやらこの病室で、一番純情なのは、かれらしい。

「することがないというのは、意味深長ね」

笑いかけたキリコを、しげみが見た。恭助を見るときとは、別人のようにするどい目の光が宿っている。

（一人前のスケバンかもしれない）

薩次は、ぞくりとする思いだった。

「おや、そう？」

しげみが、かわいた声で応じた。

「恭ちゃんの、マブいピンが見られないって意味さ。わかったかい」

「なんのことだ」

おやじが腰をかがめて、薩次に聞いた。

「マブいというのは、かわいい。ピンというのは男のあそこ」

「あの娘、不良か！」

目をまるくしたおやじをさとすように、薩次はいい添えた。

「なにしろ、現代の高校生は、ン十パーセントまで経験者というからね。どこの国勢調査か知らないけど」

聞いたおやじは、疑惑にみちた目で、薩次とキリコを見比べた。親というより、おとなの目だ。

「そんな目つき、しないでくれよ」

薩次が、小声で叱りつけた。

「私はまだ四十二だ。この年でおじいさんになるのは願い下げだぞ」

「いくら厄年だからって、そう先回りしなさんな。大丈夫、そんな親不孝しないから」

聞こえないような顔をしていたくせに、しげみはちゃんと聞いていた。

「心配しなくても、この連中Cなんて関係じゃないよ」

「C？」

薩次のおやじがきょとんとする。

「Aがキス、Bがペッティング、Cがセックス、Dが妊娠の意味なんです」

キリコが、おやじのために翻訳してやった。世代がちがうと外国人みたいで、手間のかかることおびただしい。

しげみはにやりとした。

「ね。こんなぐあいにスラスラ解説するんだもの。口先ばかしで、なあんにもしてやしないさ。それよか」

彼女は首を回して、病室のかたすみに、影のように貼りついている少女を見た。影のように――？　実際、いるかいないかわからないほどひっそりと、かたい木の椅子に坐って、武のためにリンゴの皮をむきつづける少女がいたのだ。

「あのテの子の方が、ずっと進んでいるかもね。これはあたしのカンだけど」

しげみにそういわれても、少女は顔をあげようとさえしない。Tシャツにホットパンツのキリコ、色覚検査表みたいな服をまとったしげみに比べると、少女は修道尼《しゅうどうに》のように地味な姿だった。名は野原留美子《のはらるみこ》。武のクラスメートとして、紹介をうけていたが、あまり目立たないので、薩次もうっかり彼女の存在を忘れていたほどである。

「上野くん、はい」

むきおえたリンゴを、彼女は三つの小皿にわけてさしだした。

「みなさんにも、あげてね」

長い時間かかっていると思ったら、薩次や恭助たちの分までむいていたとみえる。

「どうぞ」

リンゴは武に中継されて、みんなの手に渡った。

「家庭的だね、あんた」

しげみがいくらか鼻白《はなじら》みながら、がぶりとやった。

「いい奥さんになりそうだ……子どももジャカスカ産むんだろうな。コンドーさんなんか使わずにさ」

はじめて留美子が、しげみを見た。

「ゴム製品のこと？　おもしろいわね」

「ちぇっ、カマトト」

しげみが舌うちしても、留美子はとりあわない。

「みんなそういうのよ、私のこと」

にこりと笑うとえくぼができた。人形のようにちんまりと、まとまった顔。それまでが能面めいた無表情さだっただけに、えくぼはひどく効果的なアクセントだった。

「負けた、負けた」

しげみが大声をあげる。

「どいつもこいつも、しっかりしてるよ。恭ちゃん、あたし帰る」

もらったリンゴを食べるだけ食べて、彼女はひょいと腰をあげた。どういうものか、恭助は答えない。そういえば、鬼鍬の名が出てからずっと、台詞《せりふ》を忘れた役者のようにだまりこくっている恭助であった。

「恭ちゃん。恭助ってば」

しげみが、ボーイフレンドの肩を小突いた。

「なにをぼけっとしているの」

「ああ……」

いっとき沈んでいたらしい追想の世界から、恭助は首をふって現実にかえった。

「事故のあったときのことを、思い出したのさ。お前が鬼鍬の話なぞするもんだから」

「へえ?」

「爆発で、頭のどこかがやられたんだな……いや、爆発の前からやられてたのかもしれない」

恭助が、ひどくシニカルな笑いをうかべた。

「だってよ。おれはあのとき、幽霊を見ていたんだから」

「幽霊！」

しげみが、すっとんきょうな声をあげた。

「冗談はよしてよ」

「冗談じゃないさ」

陰気な表情だった。それでなくともふけて見える恭助の顔が、急に十も二十も年をとったようだ。薩次は思い出していた——八番線ホームの少女をみつめる、恭助の白茶けた横顔を。

「トイメンのホームにいたんだ……交通事故で、春休みに死んだおれのいとこ。三原怜子《れいこ》がね」

5

「三原怜子」

おうむ返しのしげみ。

「聞いたこと、あるわ。写真も見せてもらったっけ。いかにも女学生でございって恰好《かっこう》の子ね」

「道ばたのどぶに、こわれたマネキンみたいにころがってた……ひき逃げだ。犯人は出ずじまいだよ」

恭助にふさわしくない、深刻な調子に、部屋中の人間がきき耳をたてていた。

「ひき逃げって、車の種類もわからないの？」

キリコが、好奇心をみなぎらせてたずねる。

「わかってる。おれのオートバイだ」

「きみの？」

薩次も、おどろきの声をあげた。

「春休みで、おれは自分のバイクに乗って、国へ帰ってた。そいつを、ちょっとの隙にぬすまれたんだ。東京なら、そんな油断をするもんか。だが、あんな田舎にこそ泥が出るとは思わなかったね」

「その泥棒が、きみのいとこをひいたのか」

「ああ。ひいたというよか、はねたんだ。マシンは、バスで四駅離れたあたりにほうり出してあった。ニーグリップに、怜子の血と髪がついていたとさ。まっ昼間だというのに、過疎の悲しさ、目撃者はゼロ」

武も、息を詰めているようだった。

「昼間なのに、どうしてはねられたんだい？」

おそるおそる、彼は口をはさんだ。

「通りすがりの泥棒なら、殺意があるはずもないし」

恭助は、武にうなずいた。

「そうだろうな。場所はトチノキの林でうす暗いが、それほど狭い道じゃねえ。万一泥的《どろてき》がハンドルをあやまってつっこんできても、木のかげに逃げりゃ安心だ……それなのに、バカな話じゃねえか。現場の状況だと、怜子の方からマシンへ飛びついていったらしい」

「なぜ、そんな」

武が叫んだ。

「どうかしてたんじゃないか」

ムキになったような口ぶりだったので、薩次は、いくらかこの優等生についての認識をあらためた。

（ガリ勉というと、離人症みたいなのが多いけど、彼氏はちがうな。ひとの話に、ずいぶん身をいれて聞いてる）

ふいに、キリコが発言した。

「怜子さん、恭助くんが好きだったのね」

「なにっ」

恭助は、呆気《あっけ》にとられたように、キリコを見た。

「どうしてそんなことがわかる」

「彼女がマシンに飛びついたのは、ライダーをきみだと思ったからよ。トチノキが日をさえぎって、うす暗いといったでしょう。見間違えるのも、むりはないわ。……怜子さんはあなたが好き。でもあなたには、東京へもどればしげみさんというカップルの相手がいるもんね。だってしげみさん、彼女の写真をあなたに見せられて平気だったじゃない。あきらかに、しげみさんの方があなたに関して優位に立ってる証拠よ。

『東京に行かないで』

『大きなお世話だ』

『恭助さん、きらい！』

とかなんとか、ケンカしちゃって。後悔した怜子さんは、その日トチノキ林をぬって走るあなたのオートバイを見た。てっきり、あなたが東京へ帰ると思った怜子さんは、

『待って、恭助さん』

とばかりに、飛びついた。ところが相手は泥ちゃんだから、大あわてね。ブレーキをかけるどころか彼女をはねて一目散。……これで、被害者の方からかけよった理屈がつくでしょう」

「そうだったのか」

武が溜息《ためいき》をつき、恭助が荒々しく答えた。

「それがどうしたというんだ。怜子がはねられたことに、責任をもてというのかよ、おれに」

「そんなことといってやしないわ。だけど、あなた自身そう感じているんじゃなくて？　でなければ、新宿のホームでよその女の子を、怜子さんと思いこむわけがないから」

「よその女の子……」

恭助は一瞬宙をにらみ、すぐにまた、はげしい勢いで断言した。

「絶対に、そうじゃねえ。あれはたしかに、怜子の通っていた学校……鬼鍬高の制服だ。死んだとき着ていたやつだ！」

「じゃあ、偶然年恰好の似ているその高校の生徒が上京したんだわ」

「ちがう」

恭助は、かたくなに首をふった。

「鬼鍬高は、この四月になくなった」

「え……」

「村ごと、隣町の千代木《ちよき》に合併したんだ。制服は」

ちらと、武の方を見て、

「東城高のイミテーションみたいなデザインに変わった。千代木高てのは、だいたい東京コンプレックスの学校なんだ」

「スーパーらしくもないな」

薩次が、のんびりという。

「事故があったのは、春休みだ。いまは、夏休みだよ」

「あっ」

キリコが、長い舌を出した。

「その、怜子さんに似た人は……冬の制服を着ていたのね！」

「だからおれは、見間違えるはずがないといったんだ。どこの世界に、くそ暑い夏のまっ最中、冬の制服を着てホームに立つやつがいる？　あれはたしかに」

恭助は、唇を舌でしめした。

「怜子の幽霊だった……」

幕間　その1

「ヤングむけのミステリーてのは、少ないですねえ」

と、かれがいった。

「そうらしいですね」

と、私が答えた。

かれというのは、A社で文庫の編集にあたっている、敏腕のIさんである。敏腕、なぞと書くと、ご当人は狼狽《ろうばい》して取り消しを要求するだろうが、なあにありふれたお世辞なのだから、気にすることはない。

活字の世界に編集者が顔を出すのは稀《まれ》であっても、きみたちが日ごろ馴染《なじ》んでいる、劇画やマンガの世界では、ちっとも珍しいことじゃないのだ。

赤塚不二夫《あかつかふじお》のまんがに出没する武居《たけい》記者など、スタア格の貫禄といっていい。永井豪《ながいごう》、山上《やまがみ》たつひこのスラップスティックにも、編集者は手を替え品を替え、登場する。

まんがにしろ、小説にしろ、こしらえているのは人間だ。こんな与太《よた》な作品を、書いたり書かせたりしてるアホの面《つら》が見たい。そういう興味だって、湧くときがあるだろう。

与太でも大芸術でも、その作品において作者は神である。主人公をブッ殺そうと思や、インクのひとたらしであっさり片がつく。かの水鷗流斬馬刀《すいおうりゅうざんばとう》の達人、子連れ狼ですら死んだではないか。

神様としては、あまり軽はずみに読者の前へ顔をさらすと、有難味《ありがたみ》が薄れる。ページの裏の黒幕として、あらゆる登場人物の運命をつかさどり、かりそめにも「〆切はつらいのじゃーっ」なんどと、はしたない悲鳴をあげてはならぬらしい。

いわば活字は重厚、マンガは軽薄。だが、私はもともと、かるはずみが大好きな人間だから、いまきみたちが読んでいる小説では、マンガにならってせいぜい編集者、作者を登場させてやろうと思う。

「それはいいけど」

私のアイディアを聞いたIさんは、長くもない足を組みかえて、もっともらしくいった。

「あまりあざとい楽屋落ちはこまりますよ」

「ええ、わかっています」

かけだしの私だから、素直に答えざるを得ない。

「……で、ここまでの発端、どんなものでしょう」

「そうだなあ」

こんどはIさんは、腕を組んで天井を仰いだ。染みの数を勘定するように、しばらく息をととのえてから、やっと口を切った。

「サスペンスが足りないんじゃないかな」

「そう思って、新宿駅の大事故をサービスしたんだけれど」

「パニック映画とはちがうんだから、群衆シーンが出ても、どうってことないですよ」

言外に、描写に迫真力が乏しいと匂わせているのかもしれない。

「爆弾犯人は赤軍ですか、狂人ですか。話の中にまるっきり出てこないですね」

「はあ、それは……多分当局も、五里霧中なんでしょう」

「いずれにしろ、本格推理とは無関係だなあ」

「そのうち、ぼつぼつ」

私が言葉をつづけようとすると、Iさんはなぐさめ顔で、

「あなたの意図は、わかりますよ。現実にもおなじ新宿駅の七番線で、爆破事件がありましたね」

「ええ」

「その事件を物語に織りこんで、リアリティを出そうというんでしょう」

「……」

Iさんにきめつけられた私は、反射的に否定しようとした。だが、それをいうわけにはいかなかった。

「推理小説をおもしろく読ませるコツは、一ページ目から死体がころがっていることだと、

聞いたので」

私は、へたくそな弁解をこころみた。

「一ページ目には間に合いませんでしたが、とにかく九人の死体と、六十一人の負傷者をころがしました」

「場合によりますよ……数をこなせばいいってもんじゃない」

Iさんは、あきれ顔になった。度の強い近眼鏡を光らせて、

「この牧薩次と、可能キリコですけどね」

「はあ」

「うちで出した本に、探偵役として登場してる、あのふたりですか？」

「はあ」

もちろん、Iさんの指摘したとおりだ。お読みになったかどうか、『仮題・中学殺人事件』というタイトルで出版されている。作者は辻なんとかといった。

「キリコは文武両道の女の子、薩次はケンカは弱いが人の心を読むすべにたけた少年で、どちらも推理小説ファン」

「はあ。そのイメージをこわさないように、中学生から高校生へ成長させたつもりなんですが」

「おどろいたな」

Iさんは苦笑いした。

「ひとの創造した探偵を失敬するのは問題あるなあ。題名まで『高校殺人事件』……松本《まつもと》清張《せいちょう》氏の作品に先例があるし」

首をひねっていたIさんは、やがてあきらめたようにいった。

「パニックがあり、幽霊さわぎあり、高校生六人の紹介があり、しかもそのうちのふたりが実績ある探偵役でサービスはいいけど、読者がストーリーの方向づけに迷うおそれもありますよ」

「そうでしょうか」

「たとえば、物語は爆弾事件を追うのか。幽霊の真相をさぐるのか。あるいは、まったく新しい殺人事件でも発生するのか。そのへんがはっきりしないと、読者の関心を持続できませんね」

「手っとり早くいえば、第一幕で顔をそろえたうちの、だれが殺されるかという興味を売ればいいんでしょう?」

私は、あわて気味にいった。ここでIさんに見放されては、私としてもつらいのだ。

「だったら簡単です。まず、三原恭助が殺されます」

第二幕第一場　幽霊鬼ごっこ

1

世に、「鬼」と名のつく土地は多い。浅間《あさま》の裾《すそ》をうねる熔岩流の「鬼押出《おにおしだし》」。俊寛《しゅんかん》が流された「鬼界《きかい》ヶ島」。熊野灘《くまのなだ》の荒波が、石英粗面岩をけずって造った「鬼ガ城」。「鬼ガ城」は山の名にもあって、中国と四国にそれぞれそびえ立っている。岐阜山中では奇岩怪石の折り重なった「鬼岩」のそばに鉱泉が湧き、一方東北のほぼ中央部に天然間欠泉《かんけつせん》で名高い「鬼首《おにこうべ》」があって、百度の熱泉が数時間おきの大噴騰《だいふんとう》を見せる。

鬼鍬は、おなじ温泉場でも、ずっと地味な存在だった。歴史は古く、平将門《たいらのまさかど》が起こしたいわゆる承平《じょうへい》・天慶《てんぎょう》の乱にやぶれた兵士が、この温泉で矢傷を癒《いや》したことが、古文書に記されているほどだから、千年にあまるキャリアをもつことになる。

それほど由緒正しい温泉なら、繁昌しているかと思えば、案外だった。

「温泉というから、熱海《あたみ》や伊東《いとう》ほどでなくても、下田《しもだ》か熱川《あたがわ》ぐらいは想像してたんよ。へえー」

と、しげみがあきれたような声を出す。おんぼろバスをおりた彼女たちの前には、白く埃《ほこり》っぽい田舎道と、わらぶきの農家と、テラテラした新建材の二階家がひとつあるきりだった。標高五百八十メートルの土地ではあったが、照りつける太陽は、東京なみに暑い。

新宿を朝九時に発車するエル特急『あずさ3号』に乗って、途中甲府《こうふ》で鈍行に乗りかえ、山間の小駅初川《はつかわ》で降り、一日に四本しかないバスを拾って、ゆられること一時間二十分。やっとのことで、このなんの変哲もない盆地の村へ到着したのだ。

一行は、恭助としげみ、薩次とキリコのカップル二組。武と留美子は、車で来ることになっている。一年間渡米していたため、高校入学のおくれた武は、普通車の運転免許をとれる年齢に達していた。しげみによれば、

「武って、オジサンなんだね」

というわけである。

――気まぐれな恭助の誘いが、思ったより順調に実をむすんで、学校もちがえば性格もちがう六人が、恭助の故郷をたずねることになったのだ。

「気のせいか、空気がうまいな」

と、薩次が深呼吸した。

「それだけが、ここの御馳走《ごちそう》だよ。お湯はぬるいし、景色もわるいし」

恭助のいう通り、平凡な風景だった。熊がうずくまったような山容の南アルプスはなお遠く、八ヶ岳《やつがたけ》の山塊《さんかい》もはるかに離れていて、とりえはひたすらのんびりしたムードだけである。

それでもわらぶき屋根のかげで、ウグイスの声があがった。ホー……と長い前ぶれがあってから、高音のケキョッでとどめをさす。自然に飢えている東京の若者たちは、いっせいに声の方角を見た。

体は茶褐色で、腹の白い小鳥が、羽音をひびかせて青空へ舞いあがる。

「あれだね」

と、しげみがいうと、キリコが首をふった。

「似てるけど、あれはヤブサメよ。ほら、シーシーシーって、鳴いている」

いわれてみると、たしかにそうだ。

「いまウグイスは繁殖期だから、そのヤブの中に巣をつくっているんでしょう。ウグイスに形は似ていても、鳴き声がちがう鳥は、たくさんいるのよ。ジュウイチだったら、ジュイチー、ジュイチー。メボソムシクイは、ピリリピリリピリ」

「あんたがもの知りだってことは、わかったよ」

うるさそうにしげみが、いったときだ。だしぬけに『およげ！たいやきくん』の歌がはじまった。それも、暴力的といいたいほどの音量で、二階家の軒にとりつけられたスピーカーから、あふれだした。

「なによ、これ」

「パチンコ屋が開店したみたいだ」

目をまるくして、新建材テラテラハウスを見る。よく見ると、金釘《かなくぎ》流の書体で看板が出ていた。

霊泉・鬼鍬温泉元湯・三原ホテル

「三原ホテル、これが！」

しげみがぷっとふきだした。

「きみの家なの、つまり」

キリコに聞かれて、恭助はしょっぱい表情をつくった。

「ああ」

「音楽は、お客へサービスのつもりね」

「ああ。鉄治のヤツが思いつきそうなことさ」

恭助は、また叔父の名を呼び捨てにした。

「バスからおれたちがおりたんで、カモだと思ったんだろう、せっかくの歓迎だ、はいってやろうじゃねえか」

ホテルの玄関は、形ばかりの植え込みを左右に置いて、うすっぺらなアルミサッシのガラス戸だった。

「ごめんよ」

戸をひらくと、待ちかまえていたように、

「いらっしゃい」

と愛想のいい声がかかる。「フロント」と書かれた、薬局の受付みたいな小窓から、えらの張った中年男が顔を見せていた。

「お泊まりですか……なんだ、お前か」

これがおなじ人間の声かと感心するほど、がらりと調子が変わった。むろん、このエイみたいなおっちゃんが、三原鉄治なのだろう。

「病院でいっしょだったダチ公を連れてきた。あとふたり、車で着くからよろしくな」

甥《おい》のあとにつづく、三人の若者を見て、鉄治はふたたび職業的な笑みをうかべた。

「それは、それは。恭助がお世話になったそうで。どうぞ……」

薩次たちは、スリッパにはきかえた。グラマーのしげみが立つと、板敷きがぎいと鳴る。

三人を案内しようとする鉄治の背に、恭助が容赦ない声を浴びせた。

「おれの仲間から、宿賃ふんだくろうなんて、水臭いこといわんでくれよな。どうせガラガラなんだろ、このホテル」

鉄治は、ムッとした様子で返事もしない。幅の広い肩をゆすって、歩いてゆく。猪首《いくび》で怒り肩だから、まるで屏風《びょうぶ》が歩くように見える。短足胴長、戦前生まれの典型的日本人の体つきで、柔道四段だという。キリコとケンカさせたら、どっちが勝つかな……と、薩次はふたりの背を見比べながら考えた。

Ｐタイルの中央に、化繊のカーペットがけちくさく敷いてある。そんな廊下を左へ、鉤《かぎ》の手に曲がると渡り廊下があらわれた。屋根ばかりではなく、左右も壁と窓で厳重におおってある。冬は、寒気が強いのだろう。窓からのぞくと、せせらぎが水音を立てていた。目を洗われるような清流に古びた木橋がかかり、岸辺にゆれる薄紫のタテヤマリンドウの花が愛らしい。

廊下のむこうは、一転して古めかしい造作《ぞうさく》となる。がっちり組み合わさった柱と梁《はり》、黒光りする廊下。壁は煤《すす》け、床は波うっているけれど、

「うーむ、本物」

と、まず薩次が嘆声をあげた。

「ごらんよ。あの天井の高いこと。長押《なげし》の下と上が、おなじくらいある」

渡り廊下をこえた瞬間、急にあたりは日暮れたようだった。部屋が奥深く、柱や壁が黒ずんでいるため、さしこむ光量が極度に減ったのだ。

「五十年前の建築さ」

恭助が説明した。

「私たちの三倍、年をとっているのか」

キリコも感心したように見回す。

「こんなりっぱな家があるのに、ぴらぴらの新館を建てるんだからな」

あてつけがましく恭助がいうと、鉄治がぎろりと目をむいた。

「たまに見物にくる者は、そういう。一年中ここに住む、わしらの身になってみろ。いくら火をおこしても、あったまりゃせん。不経済きわまる」

ぶつぶついいながら、鉄治が四人を通したのは、そんな不経済な一室だった。

「上出来だよ」

「床の間だって、すッごくワイド」

「不経済てのは、デラックスってことなんだね」

目のこまかい格子《こうし》窓をあけると、すぐ前が先ほどのせせらぎだった。

「魚、いるかしら」

「あそこに釣ってる子がいるわ」

子といっても、キリコたちと大して年はちがわない。

「へーイ!」

しげみが遠慮のない声をはりあげた。短い竿《さお》で蚊鉤《かばり》をおどらせていた少年が、びっくりしたようにこっちを見る。髪は短いが、色白でととのった顔立ちだ。

「ちょっとかわいいじゃない……釣れますかあ」

キリコも負けずに大声を出した。

「いい加減にしろよ」

薩次が苦笑いすると、恭助が、なあんだというふうに呼びかけた。

「晋也《しんや》! おれだよ。恭助だよ。久しぶりだな」

だが、少年の反応ははっきりしたものだった。恭助の声を耳にしたとたん、竿をあげ、魚籠《びく》をもち、さっさと背を向けてしまったのだ。

「なによ、あいつ」

恭助より、しげみの方が口をとがらせた。

「失敬じゃない……何者なの」

「おれのいとこさ。鉄治の息子で、怜子のひとつちがいの弟になる」

「あ!」

すぐ、キリコが思い出した。

「怜子さんて、新宿駅の幽霊ね」

「うん」

ふいに恭助は、ぎょっとしたように部屋の隅を見た。

「ここだ」

「なにが?」

「怜子の勉強部屋が、ここだった……ほら」

うすよごれた畳を指して、

「机のあとだ。凹《へこ》んでるだろう、四か所」

「すると、こっちの壁は」

と、キリコがそこだけ色の変わっていない壁をしめした。

「彼女の本棚があったのかな」

「今晩あたり、怜子さんの幽霊が出たらどうする」

薩次の言葉に、しげみが反発した。

「女の子なら、間に合ってますというわ!」

2

武と留美子が着いたのは、すでに日が西の山あいに落ちかかるころだった。

「おそいじゃんか」

新館の前まで迎えに出た恭助が、文句をつけた。

「事故か、心中かと思ったぞ」

口はわるいが、半ば本気で心配していたとみえる。

「すみません」

留美子は素直にあやまったが、武は言いわけがましかった。

「途中電気屋に寄って、クリスタルを買ったんだ」

「クリスタル？」

「水晶発振子《はっしんし》のことだよ」

「なんだ、そいつは」

恭助のうしろから、キリコが説明した。例によって、なんでも屋の彼女である。

「無線機のパーツよ。ひとつの周波数ごとに、送信用、受信用と入れなきゃならないの」

「無線機……お前の車、生意気にそんなもの積んでるのか」

「生意気ってことはないでしょう」

キリコが笑った。

「モービル・ハムは趣味の王様ですって」

「おれはロースハムの方が趣味に合う。いとこはメカが好きだけど、おれ機械に弱いんだ」

「お互いさまだよ」

と、武が手をふった。

「弱くたって、ライセンスぐらい取れるのさ。野原さんは、機械や電気に強いけど」

「そうでもないわ」

と、留美子がほほえんでみせた。だが、このころにはもう、だれもが彼女の修辞法を心得ていた。「いいえ」の大部分は「はい」という意味で、「はい」の一部分は、「いいえ」に通ずる。この場合の「そうでもない」は「まあ、そうね」ということだろう。日本古来の女性のおもむきがあってよろしいが、つきあうにはいささかシンが疲れた。

「彼女だって、一人前にコール・サインを持ってるハムなんだ」

「ふうん」

「車の免許はないけど、家に無線機が置いてある」

「結構だね」

「そうだろう。りっぱな技師さ」

「ちがう、ちがう」

恭助がにやりとした。

「お前さんと、彼女のことだ」

「え？」

「うまくいってるようじゃないの。だいたいおれは、お前みてえな優等生はきらいだが、出来のいい彼女がいるからつきあってやってるんだ」

「私のこと？　いやだ」

留美子が、武のかげにかくれて赤い顔になった。むろん「いやだ」というのは「うれしい」の意味にきまっている。

夕食の時間になっても、恭助は、しきりとふたりをからかった。

「岩風呂が、夜十時まで沸いてるからよ。一時間ずつ、カップルではいることにしようぜ」

武は苦笑し、留美子はうつむいた。なんだか新婚の夫婦みたいな雰囲気があって、薩次は、自分でも気がつかないうちに、ジェラシーを感じていた。

（それにひきかえ、キリコとおれは）

憮然《ぶぜん》とした面持ちで万能のガールフレンドをふりかえると、彼女はしげみ相手に、食膳の珍味を講義中だった。

「このゴニョゴニョした佃煮《つくだに》は、ザザムシなの。川原の石をどけると、サササって逃げるちっちゃな虫があるでしょう。あれを甘辛く煮つけて、動物性蛋白《たんぱく》源にするのね。海のない土地が生んだ、人間の智恵」

一席ぶつと、そのゴニョゴニョした代物を、あんぐりやる。どうにも、ムードとは縁遠いガールフレンドだ。かえってしげみの方が、人間にはすれていても、虫については純情

らしく、

「どんな味？　腹くださない？」

なぞと、大真面目でたずねている。

ひとり分が一汁四菜《いちじゅう》だから、宿賃ロハとしては豪華版といっていいだろう。食事を運んできたのは、近所の主婦のアルバイトだったが、六人がせっせと箸を動かしているところへ、恭助の叔母が、挨拶に来た。

田舎のおばさんにしては、珍しくほっそりした体つきで、あとで恭助に聞くと、芸者さんあがりの後妻らしい。

「病気で死んだ前のおかみさんには、ナオミって子どもがいたけど、後妻をもらうのといっしょに加藤《かとう》ってうちへ養子にやっちまった」

「継母《ままはは》では、子どもがかわいそうと思ったから？」

留美子がたずねると、恭助はかぶりをふって、

「そんな殊勝なタマかよ、あの鉄治が。コブがいては、よね子が気の毒だと思ったんだろ」

よね子というのが、叔母さんの名だ。

「ひどい父親」

留美子が眉をひそめると、薩次がいった。

「親なんて、そんなもんだ。あんまり期待しない方がいい」

「期待しすぎるのは、親の方だわ」

キリコは、いつもにこにこしながらはげしいことをいう。

「子どもにむかって、一流大学へはいれ、一流会社にはいれ。子どもは、そういう親の遺伝子を受け継いでいるんだから、自分に出来なかったことを子どもに強制するなんて、およそ科学的じゃないよ」

その言葉について、同意を求めようとしたのか、留美子が武の横顔をうかがった。だが彼は、黙々と山菜をつついているだけだった。

3

「ふわあ。食った、食った」

ふくれた腹を、ぽんとたたいてみせたのはしげみである。

「どれ」

恭助が手をのばして、しげみの狸《たぬき》腹を撫《な》でた。

「やン、くすぐったい」

「ははあ、おめでとう。この分なら、あと四か月ほどで生まれますよ」

「バーカ」

しげみは、ベロといっしょに手も出した。

「ちょうだい」

「ほら」

渡されたタバコを、しげみはうまそうに吸った。

「みつかるなよ。田舎はうるさいんだ」

言いおいて、恭助が立ち上がった。

「行ってくるか」

「どこへ」

「サマジイのとこだ……、お前も来い」

「あたしも？」

しげみは、ためらった。

「春に帰ったとき、お前の話はしてあるんだ。あのじいさん、おれのいうことなすこと、みんな気に入ってくれるんでね。きっとお前も、気に入るだろう」

恭助は、肩をすくめた。

「なんの因果か、おれは年寄りに好かれるタチなんだ」

めんどくさそうにいうが、その実、満更でもない様子だ。

恭助の祖父三原金作《きんさく》は、裏庭に建てられた隠居部屋で、まだ細々と生きていた。恭助の父にあたる長男の銀市《ぎんいち》は、孝行者だったそうだが、次男の鉄治は、そういうよぶんなことにエネルギーを使わない主義らしい。隠居部屋といっても、隙間《すきま》風が荒れ狂いそうな、旧型プレハブの六畳間だから、モダン掘っ立て小屋にすぎない。柱をおっ立て、柱に刻まれた溝に沿って、パネル状の壁やらドアやらを、はめこんだだけの代物である。

ふたりは、ボウリング場なら2レーンとれそうな、幅広の縁側へ出て、下駄をつっかけた。月が出ているはずなのに、写真の暗箱みたいに暗いのは、庭の中央にカヤの木が枝をひろげているせいだ。カヤの木、といっても、読者が都会の人間の場合は、ご存知ないだろう。木目《もくめ》がまっすぐで堅いため、碁盤や将棋盤の材料として聞こえている。乳の出ない女性が、この実をのむと出るようになると言い伝えられ、幼いころ、村の主婦がちょくちょく実をもらいにきたことを、恭助はおぼえていた。ひょっとしたら、この木を植えた三原家のご先祖も、女性ホルモン欠乏に悩んでいたのかもしれない。これだけ説明しても、ぜんぜんイメージが湧かない向きは、白秋《はくしゅう》うたうところの「かやの木山」でも、口ずさんでもらおう。

「かやの木山の、かやの実は、いつかこぼれて、拾われて……」

ほら、サンプルに、いま恭助が歌っている。

「恭助」

プレハブのうすい壁を通して、歯車の軋《きし》りあうような声がした。

「オース」

陽気に答えながら、ドアをあける。三尺角の踏みこみがあって、そのむこうの布団に、ぼろ屑《くず》みたいな人間が、横たわっていた。ぼろ屑といっては、ぼろ屑に失礼にあたりそうだ。むしろ、五穀断ちした高僧のミイラを髣髴《ほうふつ》とさせる、というべきだった。

「恭助だと、すぐにわかった。半年ぶりに、聞く歌でもな」

老人の声はひどく聞きとりにくいが、恭助にはよくわかるらしい。枕元へ竹の皮で包んだ拍子木《ひょうしぎ》のようなみやげを置いた。

「虎屋黒川《とらやくろかわ》の羊羹《ようかん》だ。高いんだぞ」

「すまんの」

「これなら、歯がなくたって、しゃぶっていられる。鉄治に横取りされないように、今まででかくしておいたんだ」

いっしょに持ってきた果物ナイフで、恭助は羊羹をうすく切り、寝たきりの祖父の口へ押しこんでやった。

「おっと、と」

流れ落ちる涎《よだれ》を、ハンケチで拭きながら、

「年はとりたくないね。赤ちゃんとおんなじだ」

金作は答えず、目をほそめて口をもぐもぐ動かしていた。

「早いとこ元気になれよ。むかしみたいにおれを鍬で追い回してくれ」

「恭助」

「あ?」

長い間かかって、やっと羊羹をのみこんだ金作は、うるんだ目で孫を見上げていた。

「わしは……遺言を書き直した」

「ちぇっ。おれに関係ねえこった」

「まあ、聞きなさい……わしの最後の道楽でな。一号泉を、ボーリングし直しとる」

一号泉というのは、鬼鍬最古の源泉で、裏山の池の岸から、自然湧出していたものだ。関東大震災の影響で湯量が落ちたため、当主だった金作は、二号泉、三号泉とつづけてボーリングして、泉源を確保した。今になって、その古湯を掘り直しているという。

「じいさんの金でかい。物好きだね」

「冥土《めいど》まで、金は持ってゆけんからな。生きとるうちに、使いつくしてやる」

金作は、歯のない口を、がくがくとふるわせた。笑っているのか、泣いているのか、よくわからない。つめたい仕打ちの息子に、せめて一矢むくいようというのだろう。

「その源泉の権利を、お前にゆずることにした」

「へえ」

恭助が、目をぱちぱちさせた。

「わしの有り金と、お前の運の競争だ……金がなくなるより前に、熱い湯を掘りあてることができたら、お前の運が強かった証拠だ」

「掘りあてられなかったら、パーだってのか」

恭助は首をのばして、骸骨《がいこつ》が皮をかぶったような祖父に、笑いかけた。

「そうはさせねえ」

「う?」

「安心しろって。おれが金を稼いで、ボーリングをつづけてみせらあ……高温の泉源をめっけることが、じいさんの夢だったからな。じいさんだけじゃねえ。おれのおやじもそうだった。そのために、三十すぎてから土木工学の勉強をはじめたんだ。鉄治のやつに、白い目で見られながらな。心配するな。温泉はきっとみつかる。じいさんがみつけなきゃ、おれがみつける」

老人ののどぼとけが、こくんと動き、枯れ葉のような手がかさかさとのびて、孫の体をまさぐった。恭助は、その手を、そっとにぎりかえしてやった。

額に、汗がにじんでいる。しげみが枕元のおしぼりをあてがうと、金作は、おどろいたように彼女を見上げた。おとろえた視力が、やっと孫のガールフレンドをとらえたらしい。

「この子か」

老人の、目尻の皺《しわ》がいっそう深くなった。こんどこそ、間違いなく笑ったようだ。

「春に聞いたな……お前の嫁の話を」

「ああ」

珍しく、しげみが顔をあからめた。

「よしてよ、嫁だなんて。いっぺんに年寄りになったみたい」

「なにをいっとる」

と、金作はしげみを目で追って、

「わしの子どもの時分は、十五、六で嫁にゆく者は、ざらじゃった……もう、すんどるんじゃろが」

「え？」

しげみが問い返すと、老人は、老人らしからぬ笑いを浮かべて、

「体を許したんじゃろ」

さらりとたずねたから、よけいしげみはうろたえた。

「まいったよ。あんたのおじいさんには」

照れかくしに恭助の方を見て、ぼやく。

「この調子なら、当分死にやしない」

「馬鹿。年寄りの前で、死ぬなんて言葉を使うんじゃねえ」

「かまわんさ」

ひとしきりしゃべったあとの疲れだろう、金作はぐったりして天井を仰いだ。

「若い者より、年寄りが先に死ぬ。あたり前のことだからな」

風が出たらしく、さわさわとカヤの木の枝が鳴った。それでも老人の額に汗がうかぶのは、左右の窓が腰高で、風があたらないせいだ。

「ひでえ部屋に入れやがる」

恭助がつぶやいた。ろくな調度もない……しいて隠居部屋らしいところといえば、吊り押し入れの下に水屋《みずや》がしつらえてあることだけだ。

「夏は暖房、冬は冷房」

そのひどい部屋で、やがて自分の死体が発見されようとは、もとより恭助は、夢にも思わない。

4

あとで考えると、あれが死の前奏曲だったのだろうか。異変は、ふくべ細工の部屋を見物に行ったとき、起こった。

ふくべ細工については、少しばかり解説が必要かもしれない。ふくべは知らなくても、ひょうたんならご承知のはずである。夏の夕方に咲く白い小さな花、ユウガオ。その蔓《つる》にむすぶ円筒形の実だ。ふくべの場合は、丸ユウガオといわれるように、果実がボールみたいにまるくふくれあがる。直径数十センチ、重いものになると三、四十キロはあるそうだ。皮をむいて、果肉を細長く切って干したものがカンピョウで、のりまきの中にはいっている。ふくべ細工の材料にする場合は、果肉のついたまま半年ほど乾燥させ、鋸で穴をあけて種を出し、みがいたり絵の具をぬったりして、炭入れだの花いけだのにする。

鬼鍬村に伝わっているふくべ細工は、そのくりぬいた穴を口に見立てて、目や鼻を描き足し、さもおそろしげな鬼の面をつくることだ。ふんだんに原色を使って、大目玉をむき出した丸顔の鬼は、どこかユーモラスで哀しげな表情をたたえて、なるほど温泉を掘りあてた鬼というのは、こんな顔をしていたのか……と思わせてくれる。

薩次たちに、そんな細工物の話をしたのは、布団を敷きにきた叔母のよね子である。

「おもしろそう」

弥次馬の骨に好奇心の皮を張りつけたようなキリコが、

と叫んだ。

「今でもそれ、作ってるんですか」

「作りたくても、職人がおりませんでねえ」

よね子は、体も細いが声も細かった。

「元気だったころは、おじいさんも作っていましたが。その時分の鬼が二階にしまってあります。よかったら、ごらんになりますか」

「見せていただきたいわ。ねえ」

六組の布団の横でポーカーをやっていた武たちも、同意した。ぼつぼつゲームに飽きはじめた時分だ。

「部屋、よごれてなかったかしら。恭助さん、みなさんをご案内して」

そういって、よね子はひと足先に出ていった。

「どうってことない代物だがね」

ひとり勝ちしていた恭助は、さして気乗りのしない様子で、みんなを二階へ連れていった。おそろしく急勾配《こうばい》の階段だ。踏面《ふみづら》の狭さを、蹴上《けあげ》の高さでカバーしたみたいな設計だから、キリコがまず脛《すね》をぶつけて悲鳴をあげた。

「建築基準法違反だよ。あ痛」

あがったところは、二階というより屋根裏部屋で、頑強な梁が、旧式の鉄橋のように縦横ななめと組み合わさっていた。階下の三部屋分ぐらいをぶちぬいて、どこまでもむしろが敷き詰めてある。裸足《はだし》の足の裏に、ちくちくとげが立つ感じだった。

「どうぞ。こちらです」

ずっと奥で、よね子の声が聞こえると、パチンとスイッチをひねる音がした。それまでは、階段の上り鼻に蛍光灯が一本、たよりなくついていただけなので、夜の闇が屋根ごしにもれてきたような部屋の奥は、まったく見とおせなかったのだ。

もっとも、スイッチの音のわりには、光量は小さかった。四〇ワットの裸電球がひとつ、ともっただけだ。それでも、黄ばんだ光に照らされて、そこにあらわれたふくべ細工の鬼づくしは、十分に薩次たちをぎょっとさせた。

大きいやつはたらいほどもある。小さいふくべでも、薩次の顔よりはるかに大きい。大小さまざまなら、形も千差万別であった。丸っこいもの、角張ったもの、三角頭のもの。工場の大量生産とちがって、自然の創作だけに、絶対におなじ形のものはない。従って、それを利用して描いた鬼の顔も、ひとつとしておなじ種類はなかった。濃い眉、太い髭、憤怒の目はおなじだが、ある赤鬼は牙が描き添えられ、ある青鬼は蔓を使った角がおっ立ち、ぽかっと開いた口の加減と、明かりが落とした影の具合で、泣いている鬼、笑っている鬼、怒っている鬼、叫んでいる鬼——と、種々さまざまな感情を、沈黙のうちに噴出させていた。

壁にかかったもの、梁からぶらさがったもの、床に山積みになったもの——数えると、いったい何個ぐらいの鬼が、ここにひしめいているのだろう。

「こんなに沢山あるとは、思わなかったな」

武が、圧倒されたような溜息をついた。

「ひとつずつ見れば愛嬌《あいきょう》があるけど、大勢だとやっぱり気味わるいわね」

という留美子の感想が、みんなの気持ちを代表していた。

「たたいてみろよ。いい音がするぜ」

手近なひとつを拾いあげた恭助が、掌でポンとたたいた。いかにも、張りのある音だ。まるで、その音がきっかけとなったみたいに、どこかで鋭い声が走った。

「お姉さん！」

「晋也だわ」

よね子が顔色をかえた。

お姉さん？

晋也の姉といえば、亡くなった怜子ではないか。つづけざまに、

「お……お前は！」

のどをしめられたような声のぬしは、薩次たちにもすぐわかった。鉄治にきまっている。

若者たちは、どっと一方の窓に飛びついた。むかしは障子がはまっていたのだろうが、今はガラス戸に改造されている。その戸を押しあけようとしたが、錆《さ》びついたみたいに動かない。てんでにおでこをガラスへ押しつけて、闇の底をすかし見た。霧が深く、目の下のせせらぎも、やっとそれとわかるくらいだ。新館側の岸に立って、人魂《ひとだま》でもつかむよう

な手つきをしているのが、鉄治だった。霧がおぼろにとざしているが、屏風のような体は、見間違えようもない。

「怜子！」

もういちど鉄治が叫び、それでやっとキリコたちにも、怜子が——いや、怜子の亡霊がどこにいるかがわかった。彼女は渡り廊下の窓際にいた。明かりは廊下の天井についているだけだから、顔がよく見えない。たとえ見えたにしても、二階の窓からでは角度がわるかった。ほの白い額と、セーラー服の袖口がわかっただけで、幽霊はたちまち消えた。

消えた、というのは言葉のあやだ。正確にいえば、若者たちの視界から去ったのである。渡り廊下の屋根庇《びさし》が突き出しているため、幽霊がほんの二、三歩もあとずさりしただけで、見えなくなってしまうのだ。

「待て、待ってくれ」

数メートルも遠回りすれば、手製らしい簡単な木の橋を渡れるのに、真一文字にせせらぎへ飛びこんだ鉄治は、幽霊の動きを見て狼狽した。

「怜子、待て！」

ばしゃばしゃと、水をはねあげて新館へとってかえそうとする。

おかげで、二階から直接には見えなくとも、幽霊が、渡り廊下を新館にむかったことがよくわかった。

「わっ」

あわてた鉄治が、足をすべらせて、水の中へ手を突いた。

「お父さん」

若者たちのすぐ目の下から、晋也が飛び出した。最初に幽霊を発見した少年は、本館側の岸辺で立ちすくんだきりだったらしい。

「ばかっ、おれより、怜子を追え！」

川にはいろうとした息子を、鉄治が怒鳴りつけた。

「は、はい」

うろたえながら、晋也は逆もどりする。岸からじかに渡り廊下へあがることは出来ない。本館の中を通って、廊下へ出ようというのだろう。

「おれも、行くっ」

呪縛《じゅばく》されたように窓にしがみついていた若者の中から、恭助が一番に走り出した。二番は、キリコだ。

「私も！」

気負って恭助のあとを追う。

「階段、気をつけて！」

薩次が叫ぶより早く、悲鳴が起こった。どたどたどた、ずし―ん。頭の回転は早いがそ

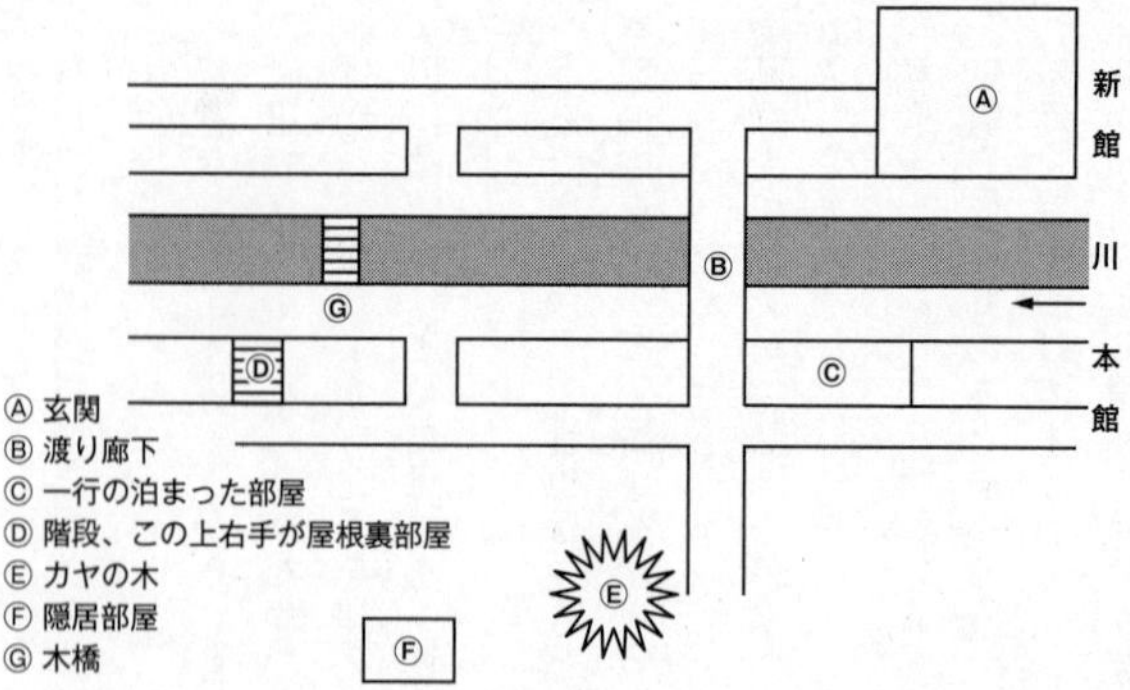

そっかしいキリコだ。薩次の心配が間に合わず、足をふみ外したらしい。書くのを忘れたが、一行は男女を問わずみんな三原ホテルの浴衣に着替えている。

（ご自慢の脚線美をひけらかしながら、どんなものすごいポーズで落ちていったのかな）

そう考えると、幽霊さわぎの最中ながら、薩次はついふきだしそうになって、そっぽを向いた。二階にのこった五人のうち、留美子としげみは不安げに顔を見合わせ、よね子はこわばった表情で立ちつくしていたが、武だけは、まだ窓を見ていた。もっとも、顔は窓に向けていても、目はどこも見ていなかった。虚脱したように、瞼《まぶた》をひくひくさせるだけの武が、ガラスにはっきりと映っている。それほど窓の外の闇は濃かった。墨を煮詰めたような夜だった。

息苦しさをおぼえた薩次が、

「ぼくも行ってくる」

走ろうとして、あやうくふくべ細工につまずきかけた。さっき、恭助がたたいていた鬼だ。薩次の爪先にひっかけられたふくべは、階段を、ぽん、ぽん、ぽんとはずみながら、薩次を道案内するように落ちていった。

第二幕第二場　意味のない密室

1

夏休みは、夕立雲のようにあわただしく通り過ぎた。

「あーあ、また学校がはじまるのか」

キリコがぼやくと、出勤支度をしていた兄の克郎《かつろう》がいう。

「まだ学校がはじまらないのか、といってほしいだろうね。月謝を納める両親の立場としては」

「がはは。冗談はよしえさん」

いともゴーカイに、キリコが笑った。

「そういうお前さん、大学へ通ってた時分は、授業料が右から左へマージャンの払いで消えてたそうね」

「かりにも兄をつかまえて、お前さんたぁなんだ」

克郎が、むくれた。

「その昔の麻雀学部劣等生も、今や敏腕新聞記者であるぞ」

つとめているのが三流夕刊のサンでは、いくらバーゲンの背広の胸をそらしたって、説得力はない。

「察するところ、夏休みの宿題がゴマンとたまっとるらしいな。あと三日で二学期か……サルスベリの花が咲いている。お前もすべらんようにしてくれよ」

「手伝ってやろうかといわないところは、おのれの分を知ってるね」

行儀わるく、キリコは畳に寝っころがった。スーパーマーケットのざわめきが、こんな朝早くから、海鳴りみたいにひびいてくる。スーパーといっても、個人経営の小さなものだが、それでも可能家の階下ぜんぶが売り場だから、家族の団欒《だんらん》も風呂もトイレも、一切《いっさい》合財《がっさい》二階に追いあげられていた。

空を見やると、夏の間あれほど馴染んだ入道雲はなく、青いキャンバスに散った白の絵の具は、巻積雲《けんせきうん》だった。

「マックレル・スカイ、マックレル・スカイ。ネバー・ロング・ウェット、ネバー・ロング・ドライ」

キリコが口ずさんだ。

「サバ雲、サバ雲、雨でも晴れでもすぐ変わる」

と、克郎がうけた。

「要するに、女ごころと秋の空つうことだな」

「男ごころと秋の空、よ」

「いやいや、女」

「断じて男。女はですね、しつこいのですよ。むかしから幽霊だって女と相場が……思い出した！」

キリコは、ぴょこんとはね起きた。

「いま夕刊サンで、幽霊の話を連載してるじゃない。あの担当は、お前さん？」

克郎は、苦い顔をした。

「せめて兄貴と呼んでくれんかね」

「いいよ、金がかかるわけじゃなし。ね、お兄さま」

「それでよろしい……いかにも、担当記者はおれだ」

「あの記事、なかなか為になったよ。幽霊てのは足がないのかと思ったら、秋田の『オモカゲ』なんてのは、足があるんだってね」

「ふふん。そんなこと、今ごろ知ったか。だいたいおれたちの常識にある幽霊は、江戸時代の鶴屋《つるや》南北《なんぼく》、三代目菊五郎《きくごろう》あたりがでっちあげた、いたって歴史の浅いバケモンなのさ。学者によっては、幽霊は山手、お化けは下町を代表するというんだが、武家的、町人的と区別してもいいな」

「そういえば、嵐の海に、底のぬけた柄杓《ひしゃく》で水を汲むという舟幽霊。あれも、侍風《さむらいふう》のこしらえだったね」

と、キリコも博識では負けていない。

「そこで兄上に聞きたいんだけど『オモカゲ』のたぐいの伝説が、甲州にあるのかしら。ことに、鬼鍬のあたりにさ」

「ははあ。例のセーラー服の幽霊か」

話は克郎も、聞いている。あのあと、新館まで走ったキリコたちは、フロントのあたりで狐につままれたような顔の鉄治と晋也をみつけた。

「幽霊は？」

とクールにたずねるキリコにくらべて、恭助は、

「怜子はどこだ！」

と叫んで、叔父の胸倉をとらんばかりだった。

「それが、いないんだ……」

鉄治は、不透明な声で弁解した。

「たしかにこっちへ来たと思ったが」

すぐそばの自動マッサージ機にかかっていた、手伝いの主婦が、おびえたように口を挟

んだ。

「だれも来やしませんでしたよ。幽霊だなんて、そんな、気味のわるい……」

腰を浮かしながらも、椅子から離れようとしなかったのは、機械に投じた十円玉三枚が惜しいためだろう。

「あれっきり、幽霊は出ないのか」

兄に聞かれて、キリコはうなずいた。

「出ないらしい……その代わり、すごいものが出た」

「すごいもの？　怪獣か、宇宙人か」

「温泉よ。泉温六十二度、パリッとした熱い温泉。恭助のおじいさんの、夢がみのったんだわ」

キリコたちが東京へ帰った直後に、一号泉のボーリングが成功したのだ。ひとり鬼鍬にのこっていた恭助は、狂喜する祖父を背負って、噴湯にかかる熱い虹を見せてやった。祖父はその五日後に死んだが、死ぬまでくどいほどくりかえしたという。

「あの温泉の権利は、お前のものじゃ。高校を出たら、好きなように処分せいよ」

東京にもどるきっかけを失って、まだ鬼鍬にいる恭助から、薩次のところへ、きのう電話があったという。

「おれは、じいさんの夢を育てる。じいさんは、権利を売った金で大学へ行けというのかもしれねえが、四流高校を出て駅弁大学へはいるなんて、くだらねえ。高校の免状なぞ豚に食わせろ。おれはあそこにペンションをこさえるんだ」

ペンションというのは、近ごろ日本でも注目されはじめた洋風民宿である。二十代の若夫婦が、枠にはまった都会の人生を嫌ってペンション経営にのりだす例が多い。

「温泉つきのペンションか。いいな」

薩次も賛成した。

「きみなら、パートナーもうきまってるし」

そういわれて、恭助は照れもせず、はずんだ声で応じた。

「もちろん！　しげみのやつに電話したら、きゃっきゃいって喜んだぜ。三原ホテルより、繁昌《はんじょう》させる自信があるとよ。あれであいつ、料理の腕はたしかなんだ」

そうなったときの、鉄治の顔が見たいと笑って、恭助は電話を切ったそうだ。

「それを聞いて、思いついたことがあったの……あのへんに、足のある幽霊の伝説はないかって」

妹の問いに、敏腕記者はそっけなく首をふった。

「知らんなあ。いや、知らんというより、ないと答えた方がよさそうだな。はばかりながら、わがサン紙は全国あまねく購読されてるんでね。幽霊の連載記事についても、日本中から反響があった」

愛社精神の発露だろう、克郎の表現はかなりオーバーだが、それでも、鬼鍬のあたりで夕刊サンが広く読まれていることは、事実だ。

「投書の内容は似たり寄ったりでね。おらが村にはこんな幽霊話がある、ぜひとも載せてけろ……ところがあの地方からは、一通もそれらしい反応がなかったんだ」

「そう……」

キリコは腕をこまねいた。

「また、わからなくなっちゃった」

「ほほう。わがスーパーちゃんにも、わからんことがあるのかね」

と、兄貴がひやかす。実をいえばキリコは、中学生時代に兄のてこずっていた事件を、解決したことがある。それ以来克郎は、妹の探偵眼に一目おいていたのだが、

「なにせ幽霊が相手ではな。足がつくまい」

へたくそな洒落《しゃれ》をとばした兄を、キリコははったとにらんだ。

「お言葉ながら、兄上よ。幽霊の正体なら、とっくに見当がついてるんざます」

「へ？」

克郎が、のどに小骨の刺さったような声をあげた。

「いい加減なことをいうなよ」

「どういたしまして、可能キリコは、つねに真実を追求してやまぬ女なのだ。……といっ

ても、晋也くんからデータをあつめたのは、ポテトだけどね」

恭助と父の間に流れる悪感情が、そのままかれに伝わったのか、いとこには決して好意をしめさぬ晋也だったが、そこは「善相」の薩次である。幽霊さわぎのあくる日には、もう少年と仲よくなっていた。

「このへんは、霧が多いんだね」

「ああ……秋になると、もっとひどくなるよ」

「盆地の川筋に濃霧がかかりやすいというのは、学校で習ったな」

「牧さん、川中島合戦《かわなかじまかっせん》知ってるだろ？　あのときが、そうさ。千曲《ちくま》川の水蒸気が霧になったんだって」

「ふうん。晋也くんよく知ってるな」

キリコにいわせれば「食えない」薩次だ。ガラにもないお世辞を発したのは、幽霊の第一の目撃者に近づこうという下心だった。

「そういえば、ゆうべも霧が出ていたね」

ゆうべ、というのは怜子の亡霊出現の夜である。

「うん」

「それで、すぐお姉さんとわかったの？」

「うん……ぼくは本館の廊下を歩いてた。昼間、ぼくが川で釣りしていたことは知ってるだろう」

「知ってる」

「あのとき、餌箱を忘れたんだ。それで、本館から、岸へ出ようとした。そしたら、渡り廊下に白いものがちらっと動いた。なんだろうと思って、霧をすかしたら……」

「お姉さんだった？」

「そう。そうなんだよ！　ぼく、思わず『お姉さん！』って怒鳴ったけど、むこうはぜんぜん答えてくれない」

「きみに気がついたんだろうか」

「それもわからなかった。ただ、だまって川を見おろしていたっけ」

「本当にお姉さんだったのかい。よく似た人と、見まちがえたんじゃないの。近所の女の子があそびにきてさ、あんまりさわがれたんで具合がわるくなってこっそり帰ったとか」

「絶対に、ちがうよ」

晋也は強情に首をふった。

「お姉さんはね、唇の右端に小さな傷あとがあるんだ……小さいころとてもおてんばでさ、渡り廊下から川へころげおちたときの傷だよ。ちょうど、あそこの窓だった」

悪夢を思い出したような晋也の表情に、薩次もそれ以上念を押すことは、できなくなった。

「それっきり、きみは本館の軒下で」

「うん、声も出せなくってふるえてた。そしたら新館から」

「お父さんが出てきたんだね」

「お父さんに呼ばれると、お姉さんはすうっと新館の方へ行っちまった。それを追っかけようとして、お父さん、川の途中でころんだのさ」

「あとは、ぼくにも見当がつくよ。幽霊を追って、きみは本館から渡り廊下を、鉄治氏は新館の廊下を走った。当然、幽霊は玄関か客室しか逃げ道はない」

「でも、あいてる客室には、のこらず鍵がかけてあったんだ」

「すると、唯一のコースは玄関……ところがその玄関には、マッサージの椅子に陣取っているおばさんがいた」

そして、怜子の幽霊は煙のように消え去ったのである。

「……とまあ、ポテトと晋也くんの問答は、こんな調子だったのよ」

「ふん、ふん」

克郎はうなずいて、つぎの言葉を待ったが、キリコはいっこうに口をひらかない。

「それで?」

兄の催促に、妹はけろりとして、

「それだけよ。もうそれで、十分じゃないの……ポテトも私も、幽霊の正体がわかったわ」

「ま、待て待て」

克郎はあわてた。

「おれもいま考える」

「時間の無駄ね」

と、キリコは手きびしい。

「それに私たちだって、なぜ幽霊が出たか、その理由が見当つかないのよ」

「ふうむ」

妹の断定もかまわず考えこんでいた克郎は、三分ともたずにさじを投げた。

「わからん……教えてくれ。幽霊は錯覚か実在か」

「そうくると思った。では」

教授料として、チョコレートサンデーにすべきか、はたまた大盛りの小倉アイスにすべきか思案していたとき、だだだと階段が鳴った。

「ポテトくんだぞ」

兄貴が目くばせした。たしかに、相当の重量物をのせた音だ。

「へんね。なにをいそいでるんだろう」

ふだんなら、それこそ芋の煮えたもご存知ないスローテンポの薩次なのに、

「キリコ！」

文字通り血相をかえていたから、兄妹はおどろいた。

「どうしたの。二学期の始業が、一日早くなったとでもいうの」

キリコの軽口に、のるどころではない。一度二度、口をぱくつかせてから、ようやく薩次はいった。

「恭助が、死んだ！」

「えっ」

「それも、殺されたんだ……密室の中で！」

あののんびりムードの薩次が、かみつきそうな声だった。

2

「恭助くんが……あんないいやつが！」

キリコも、絶句した。

推理小説好きの彼女にとって、猫に鰹節《かつおぶし》みたいな「密室殺人」の四文字さえ、しばし、頭の中に浮かんでこない。

キリコの眼前に、恭助がいた。いつものように皮肉な笑みをたたえ、けだるそうに語尾をのばして、

「おれはじいさんの夢を育てる」

といった。冗談めかした口調だが、キリコには、それが百パーセント本気であるとわかっていた。

「しげみといっしょに、ペンションをひらくのさ……あれでなかなか、料理の腕はあるんだぞ」

薩次からまた聞きしただけなのに、キリコには、そういったときの恭助の、照れくさいような虚勢を張ったような、しかもそれをつきぬけた、一種さわやかな決意の表情を、容易に想像することができた。

(その恭助が、殺された? なぜ、だれに、どうやって?)

長いようでも、キリコが恭助を見たのは、ほんの一瞬であったらしい。せきこんでしゃべる薩次の声が、耳もとに大きくひろがってきた。

「晋也くんが知らせてくれたんだ。三十分ばかり前、恭助の死体が、隠居部屋でみつかったことを!」

「キリコ。おい、キリコ」

克郎が、妹の顔をのぞきこんでいる。

「聞いてるのか」

「う……うん」

キリコはわれにかえった。

「聞いてるよ。隠居部屋って、例のモダン掘っ立て小屋だっけ」

「おじいさんが亡くなってから、恭助が寝泊まりしてたらしい。三十分前というと……」

薩次はちらと部屋の時計を見て、

「八時少し前だね。いつもなら七時には起きてくる恭助が姿を見せないんで、叔父さんが起こしにいったんだ」

「その小屋が、密室状態になっていた……」

「うん。いくら戸をたたいても、返事がない。戸にも、窓にも、鍵がかかったまま。そのくせ中ではザーザーと水が出っぱなしなんだ」

「水？」

克郎が、口をはさんだ。

「おじいさん用に、水屋がつくってあったのよ」

と、キリコが注釈した。

「水屋といえばかっこいいけど、洗面所みたいなもんね。布団から這《は》いだして顔が洗えるよう、畳とおなじ高さに流しをとりつけたんだ」

「母屋《おもや》にいたときは、小川の音にまぎれて気づかなかったけど、戸締まりされた小屋の中で水音というのは、おかしい……叔父さんも、そう思ったんだろう。思いきってドアをやぶると――」

恭助が、流しにかぶさるように倒れていた。その姿は、まるで、渇きに苦しんだ砂漠の旅人が、オアシスの泉に身をのりだしたかのようだった。

とっさに鉄治は、甥が食中毒かなにかで、嘔吐《おうと》したまま気絶したと思ったのだろう。

「恭助！」

肩に手をかけて、ぎくりとした。パジャマをとおして伝わる感触は、人体のそれではない……ただの「物」だった。晩夏の朝だが、窓からさしこむ陽光はまぶしいほどだった。それにもかかわらず、恭助の体がひんやりしていたのは、流しの水に洗われたせいだけではない。

ごろんと無抵抗に仰向《あおむ》けとなった恭助の胸に、穴があいていた。すでに、ほとんどの血は水屋へ流れつくしていた……

「死因は心臓へのひと突き。即死に近かったらしい」

痛ましげに、薩次はいったん口をつぐむ。ややあって、またのろのろと言葉を継いだ。

「叔父さんたちも、かけつけた駐在さんも、はじめはてっきり自殺と考えた。そうだろう？　いくらうすっぺらな小屋だって、戸締まりがされてある以上、犯人の出入りする余地はないからね。ところが、呼ばれた医者が、とんでもないことに気がついた」

「というと？」

「どこをさがしても、凶器がみつからないんだって」

「傷口から、およその想像はついたんでしょう。ナイフ？」

「いや、ふとい四ツ目錐《ぎり》のようなものだそうだ」

「ふうん」

キリコは大あぐらをかいた。恭助が殺されたショックから、いくらか立ち直ったとみえる。それにつけても、彼女が腕組みをしてあぐらをかくと、最高にきまったポーズになるのは、ふしぎだ。

「おかしな話ね」

「どうおかしい」

兄貴がわりこんだ。

「密室がふしぎだというのか。お前らしくもない……密室殺人なんて、推理小説を読めばくさるほどころがってるじゃないか」

なに、ご本人はトリッキーな推理ものを読むと、面倒臭くなって、すぐ最終ページをひらく。

「犯人がわかってなきゃ、安心して読めない」

とうそぶく、凄まじいファンなのだが。

「もちろんよ。そのうちどこかの出版社から、『やさしい密室の作り方』なんて本が出そうなほど、密室が氾濫《はんらん》してるわね。乱歩先生によると、密室トリックには三種類あるんですって。
一、犯行時、犯人が室内にいなかったもの
二、犯行時、犯人が室内にいたもの
三、犯人も被害者もその室内にいなかったもの
この三つに大別できるとおっしゃって、トリック類別表で、たくさんの例をあげていらっしゃるわ。㈠の例が三九、㈡の例が三七、㈢の例になるとずっと少なくて四つ」

「女はおしゃべりが長くてこまる」

と、克郎が、時計を見てそわそわしながらぼやいた。

「講釈はとばして、核心にはいってくれないかな……兄上は、出勤の時間を超過してるんだぞ」

「だからさ。密室づくりのテクニックならいくらも先例があるけど、問題は、犯人になぜ密室をつくる必要があったのか……ということよ」

「どうってこたねえだろ」

克郎は、とうとう中腰になった。じりじりしてくると、巻き舌になるのがくせだ。

「密室をこさえたのは、他殺を自殺に偽装するためじゃねえか」

「それなら凶器を、被害者にもたせるとか、そばへころがしておくべきだわ。せっかく密室にしても、凶器を持ち去ってはイミないじゃない」

「それは、そうだな。では……と。自殺を他殺に偽装した、てのはどうだ。憎たらしい叔父貴やいとこに容疑をかけるつもりで」

「だったら、なぜ戸締まりなんかするのよ！」

「凶器を始末した方法も、わかりません」

「どっちへころんでも首尾一貫してないわよ。こんなバカバカしい密室、どういうつもりでこしらえたの！」

両方からつめよられて、かよわい敏腕記者は降参した。

「おれに聞いたって、わかるか。犯人に聞け！」

3

「大遅刻だ……デスクの渋面《じゅうめん》が待ってらあ」

ぶつくさいいながら克郎が、部屋を飛び出していったあと、

「通夜は明日ね。恭助くんの」

ふと口走ってから、通夜という言葉のひきずる暗いイメージが、キリコに人の死の重さを考えさせた。凶器だの密室だのと、口から泡をとばしている間はいい。殺人をゲーム化して楽しむかぎり、殺す者殺される者は、つねに空想のむこう岸にいる。

が……

友人恭助の死。

この事実は、絶対にゲームではない。ついこの間、鬼鍬温泉で、ともにトランプに興じ、釣りやサイクリングで遊んだかれが、いまは胸に穴のあいた物体として、つめたく腐れ果てようとしているのだ。

「しげみ……」

キリコがつぶやいた。

思いは薩次もおなじだった。

「泣くだろうなあ」

だが、ぐずぐずしてはいられない。この時間なら、しげみにせよ武にせよ、家で簡単に連絡がつくだろう。

キリコはいそいで、毛利家へ電話をかけた。父親は個人タクシーの運転手、母親は銀行のパートタイマーとして働いているはずだ。電話口に出たのは、眠そうな父親の声だった。

夜っぴて車をころがし、やっと眠りについたところだったらしい。

「友達のうちへ、泊まりこみで勉強に行ってるんだがね」

「どちらでしょう。急用なんです」

「可能キリコとかいってたな。あんた知ってるかね」

「え？　はあ、知ってます。どうも」

キリコはあわてて電話を切った。

「私をダシにして、遊びに行ってるんだわ」

腹をたてても、はじまらない。しかたなく、キリコは武の家にダイヤルを回した。こんどの声は、上野家のメイドさんだった。

「少々お待ちくださいませ。様子を見て参ります」

と、返事はよかったが、じきにもどってきて、インターフォンを鳴らしても答えがないので外出らしいときた。

「すぐお帰りでしょうか」

「さあ……」

「いつごろ出かけたんです？」

「さあ……」

まるで要領を得ない。

「朝は、お父さまお子さま、ばらばらの時間で召しあがりますので……そういえば、今朝の食事はご用意してありません。おなかが痛むとおっしゃって、ゆうべ早く、離れの方へおはいりになりましたので……」

いったい、母親はどうなってるんだろう。半ば呆れてたずねてみると、目下ヨーロッパへ旅行中だそうだ。

「うらやましいよ」

電話を切って、キリコが慨嘆した。

「うちなんざ、まる一日、両親が家から一歩も出ないんだからね。買い物にさえ出て行かない……商売がスーパーなんで、みんな間に合っちまう」

「文句いってないで、野原さんにかけてごらんよ」

と、薩次が催促した。

「あの優等生なら、きっとご在宅よね」

留美子の母は、病死していた。建築技師の父は出張がちで、今もダム工事で北海道に行ったきりとのことだ。これがしげみだったら、糸の切れた凧のようにどこかへ飛んでいってしまうだろうが、留美子には、中学二年の弟がいる。武の見舞いで片鱗《へんりん》をしめしたように、弟に対しても、母親代わりのサービスにつとめているにちがいない。

「これ以上、空振りはごめんだわ」

ぼやきながら、野原家のダイヤルを回した。三度、四度、呼び出し音がつづくばかりで、さっぱりだれも出る気配がない。

「やだ、留守よ」

切ろうとしたとき、先方が出た。

「もしもし、野原さんですか」

キリコはせきこむように呼びかけた。店の電話を二階に切り替えて使っているのだ、いつまでも独占していては営業妨害になる。

「もしもし！　私、可能キリコだけど」

するとむこうから、思いがけない声が、おうむがえしに返答した。

「やあ……可能キリコさんだったの」

「あれっ」

キリコはおどろいた。

「武ね？　なあんだ。留美子さんとこへ行ってたのか」

「そうだよ。ぼくが留美子さんの家へ遊びにきてたんだ。留美子さんと代わるよ」

ひと呼吸おいて、彼女の声が飛びこんできた。女らしく、きれいにすんだ声だ。

「こんにちは。弟がね、友達とキャンプに出かけたの。それで武くんを誘っちゃった。これから英語をあたるところよ」

「待って！」

キリコは、いらいらと留美子の言葉を制止した。

「どうしたんだ」

武の質問に、キリコは手早く恭助の死を説明した。さすがに武も、ショックをうけたらしい。

「恭助が、プレハブの中で死んでいた！　それは本当かい」

「冗談をいって、なにになるのよ」

「馬鹿げてる」

武は呻《うめ》いた。

「密室で……信じられないなあ、留美子さん」

短い間があって、放心したような留美子の声が洩れてきた。

「こわい……」

応対する元気もないようだった。鬼鍬で別れるとき、恭助は千代木の町まで、みんなの乗ったバスを送ってきた。得意のバイクをふっとばしたのだ。

「しげみ！　浮気するなよ！　留美子！　武とうまくやれよ！」

怒鳴って手をふった姿を、思い出しているのかもしれない。

「明日がお通夜なんだって。私たち鬼鍬へ行くつもり。むろんしげみも誘うけど、あなたたちはどうする」

キリコがたずねると、電話のむこうに沈黙が落ちた。ややあって、武が気まずそうに、

「実は、ぼくたち……塾のテストがあるんだ。それで、いっしょに英語を復習することにきめて、朝から留美子さんとこへ押しかけたんだ」

キリコがなにかいおうとすると、武は弁解するような調子にかわって、

「もちろん行きたいけど……でも、考えてみれば、ぼくらが行ったからって、恭助くんが生きかえるわけじゃなし、そのためにテストの点数が落ちることになったら、彼だって、きっと喜ばないと思うんだ……」

聞いているうちに、キリコは次第に腹がたってきた。頭のいい人間はちがう。自分に都合のいい理屈を、たちどころにひょいひょい思いつくんだから。

「もちろん喜ばないでしょうよ。友達と進学塾を、はかりにかけるような人のおくやみなんて」

ガシャンと切ってしまったが、留美子にわるいことをしたかもしれない。

呆気《あっけ》にとられていた薩次に、武のつめたい態度を説明してから、キリコはせきこんだ。

「とにかく今日中に、しげみをとっつかまえなくちゃ。どこだと思う?」

これは、難問だ。

「弱ったな。見当もつかない」

薩次が頭をかかえた。

「待て待て。きのうの夕刊にヒントが出てたわ」

脱兎《だつと》のようにかけだしたキリコが、すぐに新聞をわしづかみにしてもどってきた。

「この広告よ。『若大将』シリーズマラソン上映会ってあるでしょう」

「あ。そういえばしげみ、加山雄三《かやまゆうぞう》の大ファンだったね」

「それもさ、恭助そっくりでしょうなんて、私たちに押し売りしてたわ。あら、私の好みは、田中邦衛《たなかくにえ》の青大将よっていってやったら、彼女いやな顔して、どうしてあんた、細長いのと丸いのと、好みがふたつにわかれるのよ、だって」

「長いのは青大将だけど、丸いのはなんだい」

「にぶいね。きみのことを申しておるのです」

「なんだ、そうか」

「だからして、彼女は東京にいない恋人を偲《しの》んで、『若大将』で徹夜したのとちがうかしら」

「いいセンだね。深夜映画の常連だといってたし」

「眠い目こすって表へ出たとたん、タクシーころがしていたお父さんにみつかって、大目玉だったとも聞いたし」

「だけどこの時間では、とっくに映画はおわってるぜ。家へ帰ったんだろうか」

「ちがうわよ。映画のあとは、近所の二十四時間営業の店で、お昼ごろまで眠らせてもらうといってたでしょう」

「それだ」

薩次が、指を鳴らした。と書きたいが、ぶきっちょだから、パチンという景気のいい音はせず、プシュッと、不発のおならみたいな音がした。

「『プライバシー』という名の店だ。夜はディスコになるらしい」

「行こう」

キリコはもう、敷居をまたいでいる。考えることも早いが、体を動かすことはもっと早い。

4

キリコの家は青山《あおやま》だが、しげみの家は新宿にある。盛り場からはちょっと離れて、新宿御苑《ぎょえん》と靖国《やすくに》通りに挟まれた一画、商業地とも住宅地ともつかず、ごたごたと家が建てこんだあたりだ。

地下鉄で行くと遠回りなので、ふたりは小遣いを出しあってタクシーに乗った。

「本来なら、男がおごるのだよ、きみ」

「いや、そんな失礼はできないね。男女同権なのだ」

ふたりを乗せたタクシーは、大木戸《おおきど》を通って靖国通りへ出た。

「あれだわ。運転手さん、つぎの角でおろして」

白昼の町にふさわしからぬ、どぎつい紫色の看板に、プライバシーと金色の文字が浮き出ていた。テツマンの翌朝、作業にかかった塗装工が、ペンキの配合を間違えたようなけたたましい色だ。濃いブラウンのアクリルドアを押そうとして、キリコはためらった。

「どっちが話す？」

「恭助のことか」

薩次も気が重そうだった。

「なりゆきにまかせよう。きみでも、おれでもいい」

「そうね。第一、ここにしげみがいるとはきまってないわ」

それが、いた。

とっつきのジュークボックスが、怒濤《どとう》のようなロックを流していたのでまごついていると、しげみの方からふたりをみつけてくれたのだ。

「おそろいだね」

「やあ」

薩次も仕方なく笑いかえした。

「いたの、きみ」

「いてわるかったかい」

「どういたしまして。あなたをさがしていたのよ」

「あたしを？」

けげんな顔をしてから、しげみはくすくす笑った。

「あんたを、だしにしたからか」

「ちがうよ。文句をいいにきたんじゃない」

「いわれてもいいさ」

うすよごれたビニールの椅子にもたれて、彼女は大あくびした。テーブルの上に置き去りにされたコーヒーカップが、まるごとはいりそうな口だ。

「よかったね、『若大将』。恭助にくらべると、目尻の皺が多いけど」

とたんに、キリコの足が薩次をつついた。反射的に、薩次は口をひらいた。

「その……恭助のことなんだが」

いってから、

（しまった）

と思う。いつもこの調子で、キリコにのせられてしまうのだ。

「恭助がどうかしたかい」

眠そうだったしげみの目が、大きくなった。

「う、うん」

こんなとき、映画の中の人物なら、どんな台詞《せりふ》をしゃべって、相手のショックをやわらげるのかと、薩次は考えた。だが、どう工夫したところで、そんな都合のいい言葉はみつかるまい。なにしろ、『若大将』でいえば、ヒーローの加山雄三が横死《おうし》したのだ。生半可《なまはんか》ななぐさめが、通用するものか。だから薩次は、できるだけ事務的に答えることにした。

「恭助が殺されたよ」

一瞬、しげみの目がほそくなり、唇がゆがんだ。

「あんた、なぐられたいのかい」

かわいた声だった。

「いっていいことと、わるいことがあるんだ」

「本当なのよ」

あわてて、キリコが口添えした。

「ついさっき、晋也くんから薩次のところへ、電話があったの」

しげみは、キリコをふりかえった。ぎらぎらと、けものが相手の様子をうかがう目だった。

「今朝早く……発見されたそうよ。もとのおじいさんの部屋で……胸をね、刺されていたって」

しげみは反問しなかった。ただ、顔からすうと、赤味がひいていった。彼女にもわかったのだろう。わざわざうそを知らせるために、自分をさがし回るほどものずきなふたりではないことが。キリコは、今にもしげみが、わあああっと大声をあげるのではないかと思った。わずかの間に、しげみの唇は色を失っている。動かせば、木の葉のような音をたてそうだった。

息をのんでみつめるキリコの前で、だが、唇はべつの声を発していた。

「だれが……みつけたんだって?」

「叔父さんよ。鉄治氏よ」

「そうかい」

しげみの唇から出たにはちがいなかったが、別人のようにしわがれた声だった。

「わかったよ」

「え、なにが」

「恭助を殺したのは、怜子の幽霊だ。あたしには、ちゃんとわかってる」

しげみの坐ったボックスが、柱のかげになっていたためか、オーダーもとりにこない。ロックの洪水の中で、この一角だけ、奇妙にとりのこされた存在だった。

「殺してやる」

しげみの声は、耳をすまさねば聞こえないほど低かった。

「恭助を殺したやつを……こんどは、あたしが殺してやる！」

第二幕第三場　はなやかな通夜

1

恭助の通夜は盛大だったというべきか、侘《わび》しかったというべきか。

もと鬼鍬村に属するほとんどの有力者がつめかけたという意味では、めったにないにぎしい通夜であった。

だが薩次は知っている。前助役、前村会議員のたぐいが、どういうつもりで恭助の霊前で香をたいたかを。

新興・鬼鍬温泉！

片田舎の鉱泉宿が、湯量豊富な高温泉を得たのだ。その気になれば、東京人相手の大レジャーホテルだって経営できる。

通夜の席上、だれはばかるところなく、弔問客《ちょうもん》はその話でもちきりだった。新館の大広間に通された客は、温泉発展の前夜祭とかんちがいしていたのかもしれない。

「なんちゅうても、これからはレジャー産業の時代だ」

と、鼻の頭を酒光りさせた前議員がさけんだ。

「東京にゃ金持ちがごろごろしてる。そいつらの金を吸いあげるだ」

「そうとも。ことに狙い目は若《わけ》えやつらだ」

相槌《あいづち》をうったのは、もとの検査役だった。どじょう髭をゆすって、

「連中のええとこは、可処分所得が多いこった」

大学出を自慢するかれは、新聞でしこんだばかりのむつかしい言葉を使う。

「なんだね。そのカショカショつうのは」

「わかりやすくいうとだな、ヤングは自分の自由になる金を、ごっそりもっとる」

「ほほう、そうかね」

「テレビを見い」

もと検査役は、そっくりかえった。

「ハラジュクだの、ロッポンギだの歩いとる若えもんの恰好を見い」

「まるでむかしの雲助だ」

したたか酒のはいった男はわめいた。

「川越し人足が歩いとると思や女で、カフェーへつとめに行くのかと思や男だ」

「オモテサンドーたらいうは、チンミョーな仮装行列だあ」

だれかがいうと、一座がどっと沸いた。

「つまり、それだけいろんな恰好ができるちゅうのは、やつらに金がある証拠だべ」

もと検査役は、インテリらしい態度をくずさない。

「雲助でも人足でもかまわん」

と、かれは断言した。

「金さえもっとるなら、その金をふんだくりゃいい」

「ヒヤヒヤ」

前議員が拍手すると、とりたてのサクランボみたいに、鼻が光った。

「さすがインテレは、クールなことをいうでねえか」

「温泉だからちゅうて、芸者やストリップはもう古い」

声援をうけて、もと検査役は熱弁をふるった。どじょう髭の先っちょに、刺し身のツマの白髭大根がひっかかっている。

「不景気がつづけば、団体さんはあてにならねえ。ちっとやそっと宣伝したからって、こんな山の中までくるもんか。ところが若えやつらはちがう。しーれーとこのォ」

やにわにインテレ氏が、森繁《もりしげ》ばりの小節をつけて、『知床《しれとこ》旅情』を歌いだしたので、一座はたまげた。

「……かの名高い知床ブームも、火をつけたのはこの歌だが、つけられてぼうぼう燃えあがったのは、ヤングたちだ。ひとりが行けばふたり、ふたりが行けば四人、われもわれもと集まった。ひまと金のある連中には、かなわん。そこで提案」

もと検査役が青黒い舌を出して、口のまわりをぺろりと舐めると、白髭大根が名ごり惜しげに畳へ落ちた。

「わが鬼鍬温泉も、ヤングむけにわりきって、斬新な趣向をこらそうでねえか」

「たとえば？」

「そう、ひとむかし前ならボウリング場だが、さて近ごろは……フィールド・アスレチックちゅうのがはやりはじめたちゅうがのう」

そこでどじょう髭は、押しだまっているキリコたち三人に目をやった。

「現にここに若い人がおられる。どうです。なにか名案はありませんかな」

キリコは、しげみを見た。膝の上においた拳がふるえている。

(爆発寸前だ)

と、薩次が目で知らせた。

(むりもないわ)

と、キリコが目で答えた。

(いったいこの人たち、恭助が死んだことをどう思っているのかしら)

どうも思っていないにちがいない。いや、もしかしたら、恭助の死によって源泉の権利が鉄治にうつったことを喜んでいるのだ。少なくとも、恭助が計画していたペンションなぞ、かれら村のボスにとってはなんのメリットもないのだから——

「プランを聞かせてもらえんかね」

どじょう髭は、しつこかった。

「若い人なら、若い人の気持ちがわかるだろう」

しげみが腰を浮かそうとした。その出鼻をくじいてキリコがいった。

「お祭りの会場つくったら?」

「なるほど」

おとなたちは、うなずきあった。

「ねぶたや竿灯《かんとう》のような、名物祭りをこさえるんだな」

「いや、バンパクのようなお祭り広場をつくって、一年中そこへゆけば祭りが見られるというのは、どうかな」

キリコは、首をふった。

「そうじゃないわ。オマツリというのは乱交パーティーのこと。……行こう」

しげみと薩次を促して、キリコが立ち去ったあと、毒気をぬかれたような顔で、もと検査役がつぶやいた。

「娘の口にすることじゃない」

前議員が怒鳴った。

「不謹慎な！　若いもんの気持ちがわからん！」

正面の白木《しらき》作り七段飾りの豪華な祭壇で、黒枠の中から恭助がにやりと笑っていた。そのかげに横たえられた柩《ひつぎ》は、実は空っぽだった。司法解剖をうけた恭助の死体は、明日の昼までもどってこないのだ。

2

晋也のへやは、おなじ新館でも、帳場の裏手にある。三原家へ着いてすぐ、薩次は晋也にささやいた。

「あとで、話を聞きに行く」

だから薩次が、ドアをノックすると、待っていたように、晋也が顔を見せた。

「三人いっしょで、いいかい」

「うん」

晋也はうなずいたが、しげみの方が駄々をこねた。

「話なんて、聞きたくない」

「そういうなよ。きみだって、恭助を殺した犯人、みつけたいんだろう」

むりやりそこへ坐らせた。

六畳の和室だが、化織のカーペットを敷きつめて、洋風に使っている。

「お姉さんは、本館だったのに」

姉弟でも趣味がちがうのね、といおうとしたキリコに、

「ぼくだって、姉さんが死ぬまでおなじ部屋で勉強してたんだ……ひとりきりになったから、この部屋にかわったんだ」

反発するような晋也の口ぶりだった。

「淋《さび》しいから？　幽霊が出そうだったから？」

からかい気味なキリコの追い討ち。

「悲しかったからだよ」

晋也は、憤然とした。

「恭助に聞いた」

なだめるように、薩次がいった。

「姉さん思いだったそうだね……思い出ののこる部屋になんか、ぼくだっていられないや」

「そうかしら。幽霊のせいもあったんじゃない？」

「そんなもの、出るもんか」

強い口調だった。

「そりゃそうね……幽霊は、あなただったんですもの」

キリコが笑いをふくんでいうと、晋也はぎょっとしたようだった。

「それ、どういうこと」

「しらばっくれるの、よしましょうよ。渡り廊下に出た幽霊、あなたの変装だったのね」

「ばかいえ！」

むきになった晋也は、三人の顔を見くらべたが、その様子から、だれひとり自分の言葉を信じていないことがわかると、いっそうヒステリックな声をあげた。

「幽霊を、最初にみつけたの、ぼくなんだぞ」

「そう……たしかにあなたの声を聞いたわ。でも、あなたの姿を見たわけじゃない」

「あたり前さ。ぼくは、本館の庇の下にいた。二階のあんたたちから見えるもんか」

「それを、証明するものは？」

「……」

「あのとき私たちは、声を出してからずっと、あなたが庇の下にいると思っていた。実際には、あなたは、ヘアピースをつけ、お姉さんの制服を着て、渡り廊下に立っていた。『お姉さん！』と叫んだのも、その場所からだわ」

「……」

「なぜわかったかといえばね。あなたがうそをついたためよ。幽霊は窓際に立っていた。渡り廊下の光源は、天井にあるきりだった。もしあなたが、あの位置から本当に幽霊を見たとすれば、完全な逆光よね。しかもあの晩は、霧が濃かった。そんな悪条件で、どうして唇の傷が見分けられるでしょう」

「見えたんだ!」

晋也は、強情にいいはった。

「見えたものは、仕方がないや。それに、幽霊は新館へ逃げた、ぼくは本館から出てきた。どうやって、ぼくに一人二役ができる?」

「幽霊が新館へ逃げた……証拠づけるものはあって?」

「なにをいってるんだ。みんな、二階から見てたくせに」

「見ていないわ」

キリコは、きっぱりといった。

「私たちが見たのは、幽霊がまうしろへあとずさるところよ。二階から見ると、渡り廊下の屋根が邪魔になって、ほんのひと足かふた足さがるだけで、幽霊は見えなくなってしまう。けれど、そのあとをうけて、あなたのお父さんが行動をおこした。実際の幽霊――あなたは、セーラー服をぬぎ、ヘアピースを外しながら、本館の廊下へ走ったのに、お父さんは逆に、幽霊がさも新館へ逃げたように見せて、川をあともどりした。途中で足をすべらせたのも、あなたに時間かせぎさせるため、私たちの視界にあなたを登場させるきっかけをつくるため、幽霊をとり逃がしたいいわけをこしらえるため」

「……」

またも、晋也は口をつぐんだ。

「わかったでしょう？　お父さんさえ協力すれば、あなたはらくに一人二役がこなせたのよ。あなたたちにとって、計算外だったのは、玄関のマッサージ機に、お手伝いのおばさんがかかっていたことね。だけどそれも、超自然の幽霊だから、ふしぎな消え方をしたと思えば、かえってハクがつくわ」

「……」

「ところが、私は幽霊なんてものを信じない。あら」

と、キリコは、自分が幽霊になったような手つきをして、

「ときと場合によっては、信じてもいいわよ。でもそこへいたるまでに、あらゆる可能性をひき算しなくちゃ。こんどのさわぎだって、おばさんの言葉を信用すれば、幽霊は玄関へ来ていない……従って、三原鉄治氏が、『幽霊はそっちへ逃げた』というのは、うそ……なぜそんなうそをついたか……幽霊さわぎそのものがでたらめ。という可能性を検討して、得た結論にすぎないの。だけど、わからないのは、さわぎを起こした理由」

ここでキリコは、むずと腕を組み、あぐらをかき直した。ガールフレンドの長広舌《ちょうこうぜつ》を、

横目で見ながら、薩次がそっと溜息をついた。

（もし、彼女と結婚する羽目になったら、なにはさておいても、あの大あぐらのくせだけはやめてもらうぞ）

「はじめ私は、宣伝かと思った」

キリコは、ボーイフレンドの心中なぞおかまいなしだ。

「鬼鍬温泉に、幽霊出現！　なんて記事が新聞にのれば、とぼけたお客が来るかもしれない……くやしいけど、さっきのボスたちの話ね」

彼女は、薩次としげみを見て、いった。

「若干の真理だわ。新しい情報に飛びつく若者って、マタタビと猫の関係ですもの。でも、そうだとすると、幽霊の目撃者を私たちだけにしぼったのはおかしい……ぼんくらでも、せめて私の兄貴のようなマスコミ関係者がほしいところよ。念のため、鬼鍬にまつわる幽霊の因縁《いんねん》ばなしでもあるかと調べたけど、それもなし」

「子どもの事故死を利用して、ＰＲしようという親の心理も疑問だな」

と、薩次がいった。

「でしょう？　それで気がついたのは、新宿駅にあらわれた、第一の幽霊よ。私は恭助の錯覚と思いこんでいたけど、あれだって正体は晋也くんかもしれない」

キリコは、目の前に坐っている晋也をにらんだ。相手は、少年にしては長い睫《まつげ》毛を伏せて、依然黙秘権を行使したままだ。

「かりに、第一の幽霊と第二の幽霊が、おなじ晋也くんとすれば、共通する観客は恭助ひとり。幽霊さわぎは、死んだはずの怜子さんを見て、恭助がどんな反応をしめすか……それを観察しようとしたのではないかしら」

キリコの言葉に、しげみが大きくうなずいた。

「新宿駅の場合は」

と、薩次がつけくわえる。

「幽霊自身が観察できる場所にいた。第二の事件では、恭助のそばに叔母さんがいた」

「それよ」

キリコが意気ごむ。

「三原家三人が共謀した幽霊のでっちあげ。そうなると、狙いはひとつね。あなたたちは、恭助を疑っていた！」

語気が一変したのにつられて、晋也がはっと顔をあげる。

「怜子さんをはねた犯人が、彼ではないかと疑っていた……そうでしょう？」

「当然じゃないか」

晋也がやっと口をひらいた。

「バイクはあいつのだし、姉ちゃんがはねられた時間、あいつはどこにいたかはっきりし

ないのは、だが晋也は、その抗議を無視していいつのった。


ない」

「うそだ！」

ふいに、声を張りあげたのはしげみだった。だが晋也は、その抗議を無視していいつのった。

「あいつは、おじいさんの部屋にいたという。でもじいちゃんは、あいつをかわいがっていた。事故を起こしたと聞いて、ごまかしてやったのかもしれない。それにおじいさんは、あの時間、薬が効いてうつらうつらしていたんだ。そんなおじいさんのそばに、二時間も三時間も坐ってたなんて、不自然だよ」

「あんたは知らないんだ」

しげみが、強引に話にわりこんだ。

「恭助は、小説を書いていたのさ」

「小……説？」

みんながみんな、きょとんとしたので、しげみがいい添えた。

「私には、ちんぷんかんぷんでわからないけど、かれ、中学の時分から、推理小説のマニアだったそうね」

「うん」

晋也が答えた。

「父ちゃんに、本をとりあげられたこと、おぼえてる。『そんな人殺しばかり出てくる本、読むな』って。でも、かくれて布団の中で読んでたみたいだ」

「恭助には、才能があったのよ。読むだけではもの足りなくなって、自分で書くようになったんだわ」

キリコが、薩次にささやいた。

「きみみたい」

「ああ」

薩次はしぶい表情である。キリコと克郎しか知らないことだが、かれも中学のころに、推理小説と称するものを書いていた。いっぱしの文学少年だったわけだ。キリコは、ひそかに二作目三作目を期待したが、当人は一本書いて満足したのか、タネがつきたのか、それっきりペンをもとうとしない。

「はじめて聞くよ」

晋也は、納得できないようだった。

「そんなもの書いてたのなら、見せてくれればいいのに」

「人殺しの話なんて、叔父さんに叱られるだけだわ。それに、あんただって恭助の性分《しょうぶん》を知ってるだろう。照れくさいのさ」

「本当に、じいちゃんの部屋で、小説書いてたの」

「書くというより、構想をねってたらしい。第二作の」

「第二作！　じゃあ、第一作は」

「とうに完成していたって」

薩次は、まさしくシャッポをぬいだ思いである。

（参った。それくらいのテンポで書かなきゃ、モノにならないんだなあ）

あらためて、たずねた。

「どんな話だったの」

「さあ……私小説みたいなもんだって、笑ってた。自分が、密室の中で殺される話だなんて……エンギわるいからよせといったのに」

「密室！」

キリコも薩次も、しめしあわせたようにおなじことをいった。

「参考になりそうだ」

「どんなトリックかしら」

「どこにあるの、その第一作」

「しげみ、持ってる？」

かわりばんこにふたりが意気ごんだにもかかわらず、

「持ってない」

ぶっきらぼうな答えがかえってきた。

「じゃ、どこにあるんだい」

「盗《と》られたんだよ」

「えっ」

「例のオートバイの荷台にくくりつけてあったとさ。オートバイはみつかったけど、原稿のはいってた紙袋はなかった」

「どこかへおっことしたんだな。ひき逃げ犯人が」

「そうだろうね。恭助にとっちゃ大切なものでも、よその人間には猫に小判さ」

しげみが、淋しそうに笑った。

「おかげで恭助、すっかりやる気をなくしちまった」

「じゃ、おじいさんの部屋で書いてた、二本目は？」

たたみかけるようにたずねたのは、晋也である。

「立ち消えだよ」

「書きかけの原稿ぐらい、あるんだろう」

「やぶいたってさ、恭助が」

「それじゃ、証拠はないじゃないか」

晋也の声が、高くなった。

「なんだって」

「一本目はぬすまれた。二本目はやぶいた。おじいさんの部屋で小説を書いてたなんて、うそにきまってる」

「こいつゥ」

しげみの目が、ほそくなった。

「どうしても、恭助をひき逃げ野郎に仕立てる気か！」

やばい雰囲気である。薩次が救いを求めるようにキリコを見たとき、

「はいっていい？」

よね子の声が、廊下から聞こえた。時の氏神とばかり、

「どうぞ、どうぞ！」

薩次が歓迎した。武芸十八般免許皆伝のキリコとは対照的に、腕っ節にかけては絶対に自信のない薩次である。しげみが本格的に晋也につかみかかったらどうしよう……と胸をどきどきさせていたのだ。

ドアをあけたよね子のうしろに、ずんぐりした体格の男が立っている。容貌魁偉《ようぼうかいい》という形容は古すぎるからわかりやすくいうと、くしゃみ寸前の鬼瓦《おにがわら》みたいな顔だ。

「捜査本部の王仁《わに》警部さんよ」

よね子に紹介された警部どのは、頰をひきつらせて一同を見回した。あとで考えると、

笑ったつもりであったらしい。鬼瓦かと思えば、ワニだという。どっちへころんでも人間離れしている。

3

「邪魔させてもらうよ。どっこいしょ」

警部は、短い足を苦労しながら折り曲げて、高校生たちの車座にくわわった。

その背後で、よね子が晋也をさし招いた。

「晋ちゃん、ちょっと」

呼ばれた晋也は、ほっとしたように廊下へ出た。

「恭助の通夜だもの、あなたもいちどは顔を出しなさい」

遠ざかってゆくよね子の声が聞こえる。

(晋ちゃん、か)

いつか新聞で、大きくなった子どもをちゃん付けで呼ぶのはおかしいと、論議が闘わされたことを、キリコはおぼえていた。晋也も中学三年である。

(あのおばさん、子どもには甘いんだな)

東京へ養子に出したという、先妻の子のナオミがいたら、はたしてちゃんを付けたかどうか。

(加藤《かとう》ナオミ……美人かな)

ちらりとそんなことを考えた薩次は、鬼瓦に自分の名を呼ばれて、あわてた。

「牧薩次くん、西郊《さいこう》高二年」

「は、はいっ」

「べつに返事をしなくていい」

「はい……すみません」

「あやまらなくてもいい」

「はあ、すみ……」

さすがに気がついて、あとは口の中でごまかした。

「可能キリコさん、おなじく。毛利しげみさん、中条高三年。……ですな?」

三人の名は、あらかじめよね子に聞いていたとみえる。鬼瓦は、またひきつったような微笑を見せた。

「私にも、きみたちぐらいの息子と娘がいる。若いもんの気持ちは、わかっとるつもりだ」

少年少女は、いっせいに警部を見てほほえんだ。

(わかってるつもりの人が、一番わかってないんです)

という意味の笑いだが、警部は大いに意を強くしたらしい。

「ま、ひとつ、ざっくばらんにゆこうや。いずれ東京へ行くつもりだったが、きみたちの方で来てくれたんで、大助かりだ」

「事情聴取ですか」

薩次の問いに、警部は猪首が軋むほどオーバーにうなずいた。

「そういうこと！　東京の人間は、回転が早くてありがたい」

「もっと早くしてあげるよ」

しげみが、皮肉な口調でいった。

「恭助に恨みをもっていた人間はいないかってんだろ」

女高生らしからぬ言葉づかいに、警部はあらためて、職業的な目でしげみを一瞥《いちべつ》した。

恋人の通夜に列席するのだから、今夜の彼女は、しおらしく濃紺の服を着用に及んでいる。それでもプロの目は、おおむね彼女の正体を見ぬいたようだ。

「いっとくけど、あたしは本ものじゃない」

と、しげみは機先を制した。

「スケ番になる一歩手前で、恭助に会ってね……シキかけられそうになったのを、かれがナシつけてくれたんだ」

「リンチをうけそうになったところを、恭助くんが話をつけてくれたのだね」

さすがに警部ともなれば、すらすらとしげみの言葉を翻訳した。

「まあね」

「それ以来、きみは被害者とねんごろになった」

「カップルといってほしいな」

「どっちでもいいが、動機をもつ人間について、もっとも知り得る立場にあったのは、きみだ」

「自分でも、そう思うよ」

「では……」

それはだれだ。警部がたずねるより早く、しげみは叫んだ。

「きまってるじゃないか！　この三原家のやつらだ！」

おそろしい権幕だった。はぐらかすような笑いをうかべていたしげみの、突然の変貌に、警部は声をのんだ。おさえにおさえたあげくの爆発である。おそらくしげみは、三原家に着いてからずっと、機会をうかがっていたにちがいない。

「鉄治だ！　よね子だ！　晋也だってそうだ。通夜へ来て、恭助の温泉を横取りしようとしてる、あの強突張《ごうつくば》りたちもだ！」

しげみは拳をにぎり、目を吊りあげてわめきつづけた。

「かわいそうな恭助！　自分のふるさとにいながら、ひとりぼっちだったんだ。じいさんが死んだら、すぐ東京へ帰ればよかった。そうすりゃ、殺されずにすんだのに!」

キリコは思わず腰を浮かせた。今にもしげみが、廊下へ飛び出し、通夜の席に突進するかに見えたからだ。

だがしげみは、立ち上がるかわりに畳へ突っ伏していた。まるめた背がはげしくふるえて、パーマのかかった髪が肩からすべりおちた。

「逢いたいよう、恭助に……あんたに食べてもらうつもりで、あたしはいくつもあたらしい料理をおぼえたんだ……恭助のうそつき! いっしょにペンションを経営しようなんて、おいしいこといいやがって……あたしはこれから、どうすりゃいいんだ!」

慟哭《どうこく》とは、こういう姿をいうのであろう。しげみは、身をもんで泣いた。王仁警部は、憮然《ぶぜん》として腕を組んでいたが、しげみの泣き声がひくくなったのをしおに、薩次たちへむきなおった。

「事情を、説明してくれんかね」

まってました、とばかり熱弁をふるったのは、いうまでもなくキリコである。

「なるほど。幽霊を合作するほど、三原家の三人は、被害者を疑っていたわけか……大いに参考になった。鉄治氏たちには、じっくり話を聞くこととして、そのほか心あたりの者はいないかね」

「あのう、質問があります」

教室みたいに、キリコが手をあげた。

「質問？　どうぞ」

「私たち、まだ現場の状況をくわしく聞いていないんです。教えてくださいませんか」

警部は、むつかしい顔になった。

「それを聞いて、どうするんだね」

「はあ、あのう」

自分たちの力で、真犯人をつきとめたい——というのがキリコの本音だが、そんなことをいえば、鬼瓦はいよいよひねくれるにきまってる。

「夏休みのレポートに書きたいんです」

「レポート！」

警部が目をぱちくりした。

「殺人事件が宿題になるというのか」

「なりますとも」

キリコは、すずしい顔で答えた。

「与えられたテーマに、警察の民主化っていうのがあるんです。桜田門《さくらだもん》へいってしらべようかと思ったけど、テレビで刑事ものが大流行してて、いまさら東京の警察に取材したってマンネリでしょ。せっかくだから、ローカルカラーゆたかな、地方県警の活躍ぶりをルポしたいわ。お願いしまーす」

キリコが頭をさげたので、薩次もいそいでそれにしたがった。おそるおそる顔をあげると、鬼瓦の顔がひきつっている。苦笑いだ。

「ま、いいだろう……来たまえ」

どっこいしょと、腰をあげた。実地に、現場で説明してくれるらしい。たいへんなサービスぶりである。キリコは、おかしくなった。

(民主化という言葉が、きいたんだわ)

まだしゃくりあげているしげみの肩を、やさしくたたいた。

「行ってみる？　あなたも」

幼児のようにこっくりしたしげみは、立ち上がった。警部を先頭に廊下へ出た……そのときだった。広間の方で、どっと笑い声があがったのは。笑い声ばかりでなく、きれぎれに人の名も聞こえた。クールなインテレ、もと検査役の声だ。

「恭助が……死んでよかった」

あるいは薩次たちの聞きちがいかもしれない。だが、恭助の名を口にのせたときの、その嚙んで捨てるような語感が、しげみに行動の引き金をひかせたことは、事実だ。グラスの口もとまでなみなみとつがれた怒りの水は、ほんの一滴をくわえただけで、あふれだしたのだ。しげみは、ものもいわず走りだした。

半ば突きとばされるような形で、鬼瓦がよろめいた。

「しげみ!」

キリコが叫んだ。もとより、足を止めるしげみではなかった。

4

「てめえら!」

広間におどりこんだしげみの顔からは、血の気が失《う》せていた。

「てめえらが……恭助を殺したんだ!」

通夜のらんちき騒ぎが、一瞬、真空状態になった。なにを怒っているのやら、といった表情で年寄りどもがしげみを見る。

しげみは、ぶるぶるとふるえる指で、鉄治をさした。

「犯人は、お前だ」

「な、なに」

さすがに鉄治が、中腰になる。

「恭助はね。幽霊事件がお前たちのしわざと、見当をつけていたんだ! そんなに叔父さんは、おれをうたぐっているのかと、がっかりしていた！」

しげみの手に、客の皿からとりあげたエビフライ用のナイフが光った。通夜にエビフライも妙なものだが、山菜料理なぞを喜ぶのは都会人だ。御馳走といえば刺し身にカツレツ、ハンバーグが一般のわが鬼鍬で、珍味の極めつけエビフライが出たのは、むりからぬところである。

「恭助を殺したお前を、あたしが殺してやる！」

居ならぶ客たちが茫然《ぼうぜん》としている間に、フィッシュ・ナイフは突き出されようとした。

「およしなさい！」

その肱《ひじ》をつかんだのは、キリコである。

「はなせよ、ばか」

しげみがもがくと、

「ばかはそっちだ！」

キリコの手に、力がこもったとも見えないのに、しげみのグラマラスな体が一回転して、あおりを食ったもと検査役がけしとんだ。

「畜生！」

はねおきたしげみは、まだナイフをはなしていない。その刃先を、うろうろしている鉄治の胸へぶちこもうとする——それより早く、キリコはフォークをとりあげていた。ぎいん、と金属同士のうちあう衝撃音がして、しげみの手からナイフがとんだ。フォークの先に刃をはさんでひねったのである。

「しげみさん」

おくればせながらかけこんだ薩次が、忠臣蔵《ちゅうしんぐら》の松の廊下みたいに、うしろからしげみを羽交いじめにした。そこまではよかったが、両手がすっぽり蓋をしたのは、お椀《わん》をいれたようなボインだったから、タッチされたしげみより、薩次の方が泡を食った。

「あ、ごめん」

煮え湯に手をつっこんだみたいにあわてて手をひいたのと、

「どきな！」

しげみが体をふったのと、バッチリタイミングの合ったおかげで、薩次の体は呆気《あっけ》なくころがって、酒光りの議員さんにぶつかった。メートルのあがっていたおっさんは、ひとたまりもなく隣の老人の手元に倒れかかり、老人がもっていた盃《さかずき》の酒を、したたかにあびた。

「無礼者」

「なんじゃと」

老人が歯のない口を、洞穴のようにあけてわめいた。

「世が世ならそのままには捨ておかねえだ。おらは帝国海軍の兵曹長。おめえはたかが陸軍上等兵でねえか!」

「だまれ、小使い」

激昂《げきこう》した前議員の手から、茶碗が飛んだが、もと兵曹長、現小学校用務員のじいさんがあやうくかわしたので、茶碗は後ろで意味不明の声をあげて、キリコとしげみの両方を応援していた雑貨屋の旦那のおでこへ命中した。

「うぬぬ。よくも武士の面体に傷つけたなあ」

講談好きだけあって、声に張りがある。

「こんどの選挙にゃ、もう投票しねえぞ。いくら御馳走してくれてもハア、手おくれだど!」

喧嘩の火の粉が四方へ飛んで、大混戦がはじまった隙に、キリコはしげみをひきずって廊下へ飛び出した。あとから、お尻をなでなで薩次がつづく。

がらがらがっちゃーん。

背後で派手に食器のこわれる音がした。

「にぎやかになってきたね」

渡り廊下で待っていた警部が、にやりと笑った。この分なら、しげみがナイフをふり回したことは目をつむってくれそうだ。やっと落ち着きをとりもどしたしげみの腕を、なおも用心ぶかくつかんで、キリコはほっとした。

「お待たせしてすみません……ポテト、どうしたの」

窓框《まどかまち》に手をついていた薩次に声をかけると、かれは小川を指さした。

「橋がなくなってる」

なるほど、下流にかかっていたおんぼろ木橋が、姿を消していた。

「改築工事の手はじめにとっぱらったと、三原氏がいっていた。かなり、老朽しとったそうだね」

甲府に住んでいる警部は、鬼鍬へ来るのも、三原ホテルへはいるのも、はじめてなのだ。

「ええ、まあ」

「気をつけて渡らないと、板をふみぬくって注意されたっけ」

「工事がすんでから、べつの橋をかけるらしい」

「工事って、どこを直すんですか」

「このむこう全部さ」

と、警部が手をひらひらさせた。

「本館を！」

「もったいない」

キリコと薩次は、異口同音に叫んだ。

「アンティークで、クラシックで、絶対若い客にうけるのに」

「私も同感なんだが、三原氏は、ここへ鉄筋三階のホテルを建設する計画でね」

「三日前、恭助から電話をもらったとき、その話をしてたわ」

しげみが、急に口を挟んだ。

「恭助は猛反対よ」

「ここは三原氏の旅館だ。反対する権限が被害者にあるのかね」

警部の質問はもっともである。

「旅館にはないわ。でも、温泉はかれのものさ。そんなセメントの箱に、おじいさんの湯をわけることはできないと、つっぱねたって」

「ふむ」

警部が鼻を鳴らした。なにを思いめぐらしているか、手にとるようにわかる。キリコも、薩次も、まったくおなじことを考えていたからだ。

(ホテルが完成しても、肝心の高温泉がひけなくては、意味がない。怜子をはねた疑いにくわえて、配湯権の問題……)

(三原鉄治氏に関するかぎり、動機は完璧《かんぺき》ということになるけど……)

(速断は、危険だわ。すべて、現場をあたってからよ)

現場の隠居部屋は、煌々《こうこう》たる光に照らされていた。本館からコードをひいて、数個の裸電球をともしただけなのだが、背後が闇に沈んだ雑木林と畑なので、まるで映画の夜間ロケのように明るく見える。光の中を、無数の虫がわがもの顔に飛び回っていた。

隠居部屋のドアは、ベニヤのフラッシュがめくれて、部屋の中へ倒れこんでいる。

「ここからのぞくだけにしてもらおうか」

という警部の声を聞いて、部屋からひとりの私服刑事が顔を出した。五十がらみの、貧相なおっさんだ。一見、底ぬけのお人よしに見えながら、どうかした拍子にぎょっとするほどつめたく鋭い視線をあびせる。そのへんの緩急が、プロとしての年季を想像させた。あとで聞くと、地元千代木署の余語《よご》と名のる刑事だった。

「ご苦労さん。収穫はあったかね」

警部の言葉に、刑事はちらりとキリコたちへ目を走らせてから、あいまいにうなずいた。

「はあ……まずまず」

口の中でつぶやきながら、倒れたドアにふれないよう、大またに庭へおりてくる。

その間に、キリコたちは部屋の中を見た。事件が起こって二晩目だから、当然鑑識の姿はないが、昨日のうちに舐めるような現場検証が行われたことは、聞くまでもない。部屋は、金作老人が生きていたころ同様、がらんとしていた。

敷布団の上のよじれたシーツと、まるめられたタオルケット。旅館で使ったものだろうか、口紅をぬったような派手な赤の模様が、ひどく場ちがいな感じだった。布団の枕元から一メートルと離れない位置に、水屋がある。ステンレスを張った流しと、布団の間に、チョークで人型の下半身が描かれていた。その中ほどにひろがった黒い染みを、血と気づいて、薩次は反射的に目をつむったが、しげみはまたたきもせず、じっとみつめた。まるで、チョークのそっけない線の中に、恭助の死体が突っ伏しているかのように。かれの胸からしたたる血が、たったいま畳を染めたかのように。

5

「凶器はふとい四ツ目錐《ぎり》のようなもの。現場は密室状態にあった。それだけ、私たちも聞いているんです。たしかですか」

キリコに聞かれて、王仁警部は鼻の頭に皺《しわ》をよせた。ふつうの人間なら、苦笑いの表情になるのだが、鬼瓦の顔面筋肉はバランスがくずれているらしい。

「おおむね正しいと思うよ」

「おおむねって……ちがってるところも、あるのかしら」

「凶器はまだ発見されていない。四ツ目錐のようなものといっても、実際にはもっと金属部分が長いらしい……傷のふかさからわかったことだが、錐では柄がつかえて一定の長さ以上刺せないわけだ」

「すると、千枚通しのような……」

「ふかさから考えれば、そうだ。しかし傷口はずっと大きい」

「丸いやすりのようなものかしら」

「なんともいえんね」

警部は首をふった。

「いずれにせよ、一刻も早く凶器を発見する必要がある」

警部と、三人の少年少女の問答は、いつかキリコたちが泊まった本館の客室ではじまっていた。

余語刑事も、陰気な目で同席している。

「そんな長い道具だとすると」

薩次が考え考えいった。

「流しの排水口は、問題にしなくてよさそうですね」

「その通りだよ」

警部が、はっきり肯定した。

「調べてみると、排水管にはUトラップが設けてあった」

「なんのことさ」

と、しげみがキリコをつつく。

「ほら……洗面所なんかで排水管がU字型に曲がってるじゃない。水をためて、下水からの臭気をふせぐしかけよ」

と、キリコの解説。

「Uトラップがある以上、われわれの考えている凶器は、絶対にその関所を通過することはできん」

「もしも……もしも、だけど」

薩次が照れたような笑顔を見せた。

「氷とか、ドライアイスを成型した凶器だったらどうなります」

「いささか小説に毒されとるようだな」

警部は、にべもなくいった。

「たしかに、氷やドライアイスなら、流しで始末できるだろう。だが、傷口を精密に分析した結果、微量ながら炭素鋼の粉末を検出したんだ」

「ははあ」

いうまでもなく炭素鋼は、錐やのみ、ドライバーなどの工具に使われる金属だ。

「じゃあ自殺の可能性は抹消されたんですね？　胸を刺して死んでから、凶器を片付けるわけにはゆかないし……」

「いかにも、可能性はゼロ」

といってから、鬼瓦警部の声がからかい気味になった。

「小説には、まだいろんな手があるようだね。飼いならした犬や鳥に持ち去らせるとか」

「密室では、その手は通用しないわ」

と、キリコがいった。

「第一、自殺の理由がないもの、恭助くんには」

「もちろん！」

しげみがあたりはばからぬ声を発した。もう、夜も十時を過ぎている。新宿だの六本木《ろっぽんぎ》ならいざ知らず、鬼鍬温泉では深夜もいいとこだ。

「いよいよ事件は、他殺ときまったけど……」

その前に横たわる密室の難題に、キリコも首をひねった。

「あの戸は、外開きだったでしょう。蝶番《ちょうつがい》がおもてにむきだしになってるわ。その心棒をぬいて、戸を外して……あとでもと通りにしておくというのは？」

「調べずみだよ、お嬢さん」

警部が、気の毒そうにいった。

「戸や窓についてはしつこいほど検査したんだ。その結果、最近になって蝶番が外されたり、こじあけられた形跡は皆無だったね」

「すると、決定的な矛盾が生じます」

丸顔の薩次が、ありもしない顎をもっともらしくなでながらいう。

「凶器がないから、自殺ではない。犯人の出入り口がないから、他殺ではない」

「先をいそいじゃ、だめ」

キリコがにらんだ。

「凶器だの密室だの、派手なところばかり目をつけないで、順を追ってお聞きしようじゃないの。ね、先生」

「先生……といわれるのは、はじめてだな」

警部がいえば、刑事の方もふくみ笑いした。

「まあよかろう。どうせ今夜は余語くんの家に泊めてもらうつもりだ。じっくり、話してあげようじゃないか」

民主化警察の大サービスと、素直に喜んでいいかわるいか。案外警察側では、少年たちの間に犯人像を求めているのかもしれず、口もとはほころびても、目が笑っていない刑事の表情がぶきみだった。

警察が、三原鉄治から聞いた事件のあらましは、こうだ。

その日——というのはきのうのことだが、三原家はすっかり朝寝坊した。

旅館業はねぼすけには勤まらない。鬼鍬温泉始発の初川ゆきバスは、朝七時に一番が出る。列車の接続がいいので、東京方面からの客は、一番を利用する者が少なくなかった。七時のバスに乗せるためには、朝食は六時半。その準備となると、よね子は五時半に起きても、きりきり舞いである。

本館を改築することになれば、作業員たちのもてなしもひと仕事だ。おとなしいよね子が、さすがに不平を洩らした。

「工事の間だけでも、泊まりこみのお手伝いさんをいれてくださいな」

午後になれば、近所の主婦が大挙してアルバイトに来てくれるが、朝ばかりはそうはゆかない。怜子がいなくなってから、彼女が働いていた分まで、よね子の負担になっていたのだ。

しぶちんの鉄治はおもしろくなさそうだったが、よね子に病気でもされては、なお厄介である。千代木町の知人に心あたりをさがしてもらったものの、求人難のご時世だ、おいそれと助っ人はみつからない。

「仕方がないんで、本館のとりこわしがすむまで、五日ばかり休むことにしました」

その初日だったから、家族三人、ひさしぶりの朝寝をたのしんだ——と、鉄治は説明した。

朝寝とはいいながら、日ごろの習慣があるから、鉄治もよね子も、七時には目をさましていた。一時間もすれば、とりこわしの工事人がやってくる。若いころ大工のまねごとをした鉄治は、自分も作業を手伝って、その分手間賃をねぎるつもりでいた。前夜のうちに木橋をとりこわしたのは、いわば鉄治のトレーニングなのである。

「おそいな、恭助は」

鉄治が舌うちした。

旅館らしく広々とした台所の一角に、四畳半ほどの板敷きのコーナーがあって、家族はそこで食事をとることにしていた。味噌汁がお椀によそわれる時間になっても、恭助は姿をあらわさない。

「あいつ、なにをしているんだ」

とうとう鉄治は、いったんとりあげた箸をおいて立ち上がった。


「質問」

キリコがまた、手をあげた。

「なぜ叔母さんに呼びに行かせなかったのかしら」

「食事の支度に忙しかったのだろう」

こともなげな警部の答えだったが、

「では、晋也くんに呼ばせればいい」

「ふむ……なにをこだわっとるのかね」

警部がキナ臭い表情になった。

「ちょっと、不自然に聞こえたからです。あの叔父さん、横柄《おうへい》でしょう。目の前に奥さんや息子がいるのに、わざわざおみこしあげるなんて」

「それは、こうじゃないかな……」

刑事が、かんでふくめるようにいう。

「……自分でたたきおこしに行って、この怠け者め！　と、怒鳴りつけるつもりだったのだよ。べつだん、不自然な振る舞いとはいえんだろう」

キリコは、まだ納得できないようだったが、すぐニッと笑って、

「私の考えすぎかもしれないわ。どうぞ、つづけてください。質問おわり」

鉄治は、カヤの木がおとした長い影をふんで、隠居部屋の前へ来た。水音が聞こえる。

一瞬、鉄治は恭助が洗面中だと思って、ノブを回したが、ドアには鍵がかかっている。

「恭助！」

二度三度、ドアをたたいたが、水音がやむ気配もなく、恭助の応答もなかった。

（おかしいな）

胸さわぎをおぼえた鉄治は小屋を回って、二か所に設けてある窓をゆすったが、中から施錠されている。

水音は、なおもつづいていた。

ひょっとしたら恭助は、洗面中に急病になって、倒れているのかもしれない。

「恭助！」

力いっぱいたたくと、安手のドアがぎいと鳴った。

「どうしたんかね、旦那」

背後から声をかけられて、鉄治がふりかえると、工務店のおやじが立っていた。作業にかかる十五分前には、いつも現場に来ていると評判の高い、律義《りちぎ》なおやじさんだ。

「甥がこの部屋に泊まっているんだが、様子がおかしい」

事情を説明した鉄治は、おやじといっしょにドアへ体当たりした。


「質問」

と、またキリコだ。

「工務店の人が来てるのに、体当たりなんて荒っぽいな。叔父さんが、提案したんですか」

「そうだよ」

「蝶番を外すとか、窓を割るとか、ほかに方法はなかったのかしら」

「甥が倒れたかもしれん急場だよ」

刑事が、また警部と交替した。

「手っとり早くドアにぶつかった叔父さんの気持ちを、わかってやんなさい」

「ふうん……案外殊勝な叔父上なんですね。まあいいや。質問おわり」


ドアはこわれた。

とたんに、工務店のおやじが奇声をあげた。

流しに乗りだすようにして、恭助が倒れていたのだ。

「恭助！」

かたむいたドアの間から、鉄治が飛びこんで、肩に手をかけ、息をのんだ。

恭助は、胸に穴をあけて死んでいた……濃紺のチェックのパジャマが、赤くぬれていた。

もっとも、ほとんどの血は排水口に吸われていたから、緑のストライプがはいったズボンは、どうやら染みがつくのを免れていた。


「質問」

「またかね」

警部もうんざりしたようだ。

「パジャマの上着が濃紺のチェックで、ズボンが緑のストライプですか」

「そうだよ。検証のとき、私もこの目で見た……それがどうかしたかね」

「いえ、いいんです。質問おわり」

「質問」

こんどは薩次が手をあげた。

「なんだ、なんだ」

「鉄治氏が部屋へ飛びこんだとき、工務店のおやじさんは、どこにいたんですか」

「ドアのところだ。正確にいうと、こわれたドアのかげから体をつっこんで、鉄治と恭助を見つめていた」

「あんた、アレだろう……」

と、刑事がうっそり笑った。

「犯人《ホシ》が部屋の中にかくれていて、飛びこんだ発見者といれちがいに逃げた……そう考えたかったんだろう」

「あら。ポテトなら、もう少しマシなこと思いつくわよ」

キリコがいった。

「叔父さんが飛びこんだとき、恭助くんはまだ生きていた。『恭助！』と呼びかけながら、かくしもった凶器で胸を刺した……これが密室の正体であります。とかいっちゃって。そうでしょう」

「どっちの場合も、考えていたんだ」

薩次が頭に手をやった。

「そんなふうに、第三者の証人がいたんじゃ、できっこないね」

「もちろんだよ」

警部は、ばかばかしいといわんばかりだった。

「解剖の結果を、電話で聞いた。それによると、殺されたのは五時から五時半の間。したがって、発見者が殺害したという仮説は、時間的にナンセンスだ。発見が八時ごろとすると、ガイシャはおよそ三時間以前に死んどる。肩に手をかけただけでごろりと仰向いたというのも、死後硬直が顎から首へかけてひろがっとったせいに……」

「もう、よしとくれ」

しげみがいった。まるで、地の底から聞こえるような声だった。

「恭助は、あたしの恋人なんだ。そんな、モノをあつかうような調子で、しゃべらないでくれ！」

〽いやじゃありませんか　軍隊は……

せせらぎの音にまじって、胴間声《どうまごえ》の合唱が流れてきた。鬼鍬温泉の繁昌を期待する、おとなたちの郷愁の歌声だった。

〽かねのお椀にかねの箸
仏さまでもあるまいに
一膳めしとはなさけなや……

幕間　その2

「これは……ほう……なるほど」

　Ｉさんは、私がびっくりするほど熱心に読んでくれた。お世辞でなく、「よき編集者は、よき読者であらねばならない」という言葉が頭に浮かんだ。もっとも、どこのえらい人がそんなことをいったか、おぼえてはいないけど。

　読みおわっても、Ｉさんはしばらくの間、額に手をあてて考えている様子だった。

「どうでしょうか」

　私は、おずおずとたずねた。言葉の裏に、三十パーセントの謙譲と、四十パーセントの自信がこめられている。え？　数があわないって……当然だろう。のこる三十パーセントは、Ｉさんの読後感によって、決するのだ。

「どうといって……いや、非常におもしろく読みましたけどね」

　けどね、というニュアンスは、気にいらない。私がそれをいうと、Ｉさんは困ったように手をふった。

「い、いや、決してけちをつけるつもりはないんです。だが……」

　また「だが」といった。私がにらんでいるのに気づいて、Ｉさんは早口になった。

「実はぼく、これに似た事件を知ってるんで。やはり密室」

「へえ」

私は目をまるくした。

「それ、どんな解決でした」

「解決というより、迷宮ですけどね。警察の見解では、自殺だったな」

なんだ、つまらない。

「やはり恭助と同年配の少年でしたが」

「動機はあったんですか」

「まるっきり」

「それでも自殺？」

「犯人の出入りが不可能とあっては、常識的にやむをえんでしょう……そうそう、警察でこんなことをいってましたよ。十五歳から十九歳の少年の自殺率は、近年高まりつつあるって」

Iさんは、さまざまな実例をあげた。

「空は青い
生きたくない」

遺書ともなんともつかぬ文句を、校舎の屋上にチョークで書きなぐって、飛びおり自殺をはかった中学生。

「親は悲しむでしょうが、人間は一度は死ぬ。ただ友達より何年か早いだけ」

と遺書をのこして心中した少女。

電気のコードを胸と腹に巻きつけて、感電自殺した高二の少年にいたっては、遺書めいたものもなく、親や友人、教師にも思いあたるふしがない。

「なぜ死にいそぐのかわからんままに、自殺するヤングがふえています……ぼくの知ってる事件でも、多分そんなことだろうと、証拠のないまま推定されたんですがね」

Iさんは、めがねの奥から私を見た。

「小説の密室は、まさかそんな解決じゃないんでしょう？」

「むろんです」

私は、力をこめていった。

「恭助に自殺の動機はないと叫んだしげみの言葉は、正しいんです」

「うむ」

と、Iさんはうなずいた。

「読者に代わって、二、三、補足させてほしいけど……現場に格闘のあとは？」

「ありません」

「傷口の特徴は？」

「そうですね……斜め上から、まっすぐに刺されています」

「畳にのこった血は、よほど大量ですか」

「いいえ、傷にくらべるとごく少ないといっていいほどです。大部分が、流しへ——」

「その点は、原稿にも書いてあったけど、排水の末端は？」

Iさんの追及はきびしかった。

「ええと……」

「鬼鍬が下水道完備とは、考えられませんよね」

「それはそうです。排水管は、小川にむかってのびてました」

「その排水管も、鑑識がしらべたんでしょう？」

「はあ。管の中にいくらか血がのこっていましたし、川を浚《さら》うと、下流の擁壁に多量の血痕が発見されました」

しゃべっているうちに、私はおかしな錯覚にとらわれた。小説の中の事件というより、現実に行われた犯罪を解説しているような気分である。

「まだ大切な説明が、ぬけてるなあ……恭助が殺された時刻の、人物の動きですよ」

私はとうとう悲鳴をあげた。

「あの、それは、次の章でくわしく書きますから」

「じゃあ結構」

Ｉさんは、にこりともしなかった。

「三原家の三人は当然だけれど、東京の五人についても、きっちり書いておいてくださいよ……東京と鬼鍬の間は、車をとばしてどれくらいの時間がかかるんです」

「順調に走って、四時間です」

「すると、ひとりで深夜映画を見ていたしげみには、十分往復する余裕があるわけだ……映画見物が出まかせであれば」

私はおどろいた。しげみに犯行の可能性があるなんてとてもじゃないが、考え及ばなかった。いやはや、推理小説のよき編集者は、よき読者である以前に、よき探偵でもなければならぬ。ましてよき作者となるのは、なみたいていのことではない。

読者よ。

ねそべって、短波を聞いて、ついでだからミステリーでも読んでやろうという、怠惰《たいだ》にしてちゃらんぽらんの読者よ。あなたが斜め読みしている活字の裏側には、かくも涙ぐましい悪戦苦闘がくりひろげられているのだ。それがわかったら、せめて鼻くそをほじりながら読むくせだけはやめてほしいね、まったく。

第三幕第一場　推理あそび探偵ごっこ

1

「どっこいしょ」

薩次が、いやに年寄りじみたかけ声をかけて、ソファーに重たい尻をおとした。果然、予想をはるかに上回って体がしずみ、薩次はだらしなく悲鳴をあげた。

「ふっかふかだね、おっかさん」

「きみのおヒップですよ、原因は」

キリコがつめたいことをいう。

「クッションにおける肉体の沈降速度は、臀部《でんぶ》の質量の二乗に比例すると、ギリシャの碩《せき》学《がく》ヒップ、ヒップクラテスはいった」

「どうやって、お尻の重さだけ計るんだよ」

「そんなことはシリません」

ふたりの前に坐った武が、あははと笑った。優等生は、笑い方までちがう。げらげらだの、へらへらだの、低級な笑い声は決して発しない。

これがお隣の留美子となると、いっそう表現はつつましくなって、笑いだす前にうつむいてしまう。まちがってもキリコみたいに、天井を仰いでかんらからからという惨状は呈さないのだ。

……あれから警部は、キリコたちに、事件を説明した見返りとして、恭助の交友関係を語ることを要求した。薩次はためらったが、キリコは、

「かまうことないわよ。通夜にこないのがいけないんだわ。しゃべっちゃえ、しゃべっちゃえ」

とうそぶいて、武と留美子の名を告げた。

「だけどね、犯人だと思うとあてが外れますよ。新宿駅の爆発で顔見知りになったばかりだから、殺すの殺されるのって深刻な関係になりっこないし、ふたりとも確実なアリバイがあるんですから」

そう説明したにもかかわらず、一週間後にふらりと余語刑事があらわれて、武の家で勉強中のふたりに、あれこれたずねていったという。

そのあくる日、キリコは武から電話をもらった。

「ひどいな。ぼくたちのこと、なんて警察にいったの?」

武は、笑いながら抗議した。

「ぼくは留美子さんのアリバイを証言したし、留美子さんも、ぼくが彼女の家に朝八時から押しかけたことを証明してくれた。でも、刑事さんはいうんだよ。夫婦の間では証言は役にたたない、あんたたちカップルの場合もおなじだなんて」

報告する武は、むしろうれしがっているような声だった。

「留美子さんとふたり、さんざんいじめられちゃった。きみがあの時間に、留美子さんの家へ電話してくれなかったら、証人がいなくてぼくら降参するところだったよ」

キリコが野原家の電話番号をダイヤルしたのは、八時半だ。犯行は、いくら早く見つもっても五時、そして東京―鬼鍬間は車をとばして四時間以上かかるのだから、武に恭助を殺すことはできない。

「名前出して、ごめん」

キリコはあっさりあやまったが、

「民主警察にずいぶんサービスさせちゃったからね。なにかしゃべってやらないと、手錠かけられそうだった。だいたい、テストだなんていって、すっぽかすのがいけないよ。そういうことだから、いまの若いもんは、義理人情を知らんと悪態つかれるんだ」

どっちがあやまっているのか、わからなくなってしまった。

そんなことがきっかけで、とだえていた武、留美子組とのつきあいが復活したのである。

幸いキリコは、兄がつとめる夕刊サンの、山梨支局という情報網をもっていた。兄をクッションにおいて、鬼鍬事件捜査の進捗ぶりは、手にとるようにわかる。今日はその話題を手みやげに、はじめて上野家を訪問することにしたのだ。しげみも誘ったが、あっさりことわられた。恭助の通夜にこなかったふたりに、いまさら会いたくないのだろう。


九月になって日は浅いが、底ぬけに青い空の高さが、本格的な秋を思わせる。レースのカーテンごしに、ほんわかとしのびこんだ陽ざしが、眠気をさそうほどだった。足もとは豪華なペルシャ絨氈《じゅうせん》、頭上にはシャンデリアが水晶の羽をひろげて、およそ薩次の知るかぎり最高に贅沢な空間を演出していた。

スタンドの鳥籠の中で、目のさめるような色彩の鳥が、ソファーにあぐらをかいたキリコを叱るようにかん高く鳴いた。声につられて、あたりを見回したキリコは、溜息をついた。

「絵に描いたように平和な風景だね。殺人の話をするにはふさわしくないな……ご両親は、今日も?」

聞かれて、武はそっけなく首をふった。

「いるもんか。ひとりはゴルフのコンペさ。おわったら、おなじゴルフ仲間で、小説家の野溝《のみぞ》先生と飲むそうだから、夜おそいと思うよ」

野溝というのは、月産千五百枚のスピードを誇る、流行作家である。そんな厖大《ぼうだい》な量をこなしながら、どうしてゴルフへ行く暇ができるのか、キリコには不可解だった。

「片っ方は、宝石店の内覧会だ。そのあと、美術展へ行くらしい。売れっ子の親をもつと、子どもは苦労するよ」

冗談めかしてはいるが、本音もかなりまじっているはずだ。メイドさんのいたれりつくせりのサービスをうけて、なに不自由ないというものの、淋しいことは事実だろう。そのくせ、親は勝手な期待をかける。武の父は、ことにそれがはげしいようだ。

「親って、ロマンチックなんですね」

と、留美子はいった。

「武さんがピアノを買ってもらったのは、六つのときですって。一年ほど先生について習っていたら、ある日お父さんが、『武をウィーンへやりたい』ときりだしたの。先生より武さんの方がびっくりしてしまって……。小学三年のころ、子どもならだれでもそうだけど、マンガに熱中したのね。そしたら仕事で知りあった美術館長さんを呼んで、『ものになるだろうか』」

「もう、よせよ」

武が止めた。日ごろのかれに似ない、強い調子だったので、キリコたちがおどろいて、武の顔を見たほどである。

「そんなことより、恭助くんの話だ」

「そうね」

武にしたがって、キリコは、話題を軌道へもどした。

「まず報告しなくちゃならないことが、いくつかあるわ。その一。凶器は三原家の内外をさぐったにもかかわらず、ついに発見されなかった。その二。三原家の三人は、幽霊さわぎがかれらの共犯であることを、みとめた」

「やっぱり!」

武が、思い入れたっぷりにうなずいた。

「その三。恭助殺害に関しては、断じてみとめようとしない。それどころか、頑として自殺説を主張している」

「凶器がみつかっていないのに?」

「そんなことは知らん、だが恭助は、祖父の死後ノイローゼで、結婚するだの、マンションを建てるだの、おかしな話を口走っていた。自殺にちがいない……と、三原氏はきめつけるのよ」

「マンション? ペンションのまちがいだろう」

「そのへん、叔父さんにはペンもマンも区別がつかないらしいわ」

若者たちは失笑した。

「とにかくガンコなんで、警察もてこずってるそうよ。好天つづきで、足跡やタイヤの跡はとれないし、犯人とおぼしい指紋は、ノブにも水栓にも見あたらないし」

「犯人が拭きとったというわけ？」

「ううん、恭助と三原家三人の指紋はちゃんとのこってるんだから、第三者が押し入ったとすれば、手袋をはめていたか、指にセロハンテープを巻いていたか……近ごろのすだ泥棒は、みんなセロハンテープ組なんだって。指紋だの足跡、遺留品なんて、ひとむかし前にくらべるとぐっと少なくなってね。テレビや小説の影響かしら。サツもたいへんだわあ」

脱線しかけたキリコに、薩次がいそいで注釈をくわえた。

「だが、隠居べやの畳にも、パジャマの上着にも、まあたらしい土がついていた」

「そう、そう。プレハブのまわりの土と同質なの。侵入者がつけたのか、恭助が出歩いたのかはっきりしないんで、血痕をさぐるルミノール反応で、隠居部屋のおもてをぐるっと、しらべたようよ」

だがルミノール反応は、暗いところで短時間しか発光しない薬品を使うため、能率がよくない。

「けっきょく、格闘のあともなく、血も落ちてなかった。もし恭助が外で刺されたなら、かなり多量の血痕がみつかるはずよね」

「こわい……」

留美子が唇をふるわせた。キリコの即物的なしゃべり方についてゆけないとみえる。

「ぬすまれた品はなかったかい」

武の質問は、唐突だった。うがって考えれば、そんな留美子のために、話題をかえようとしたのだろう。

「侵入したやつが、ただの泥棒って場合もあるじゃないか」

「三原氏の答えによると、被害は皆無だって。ただ晋也くんが、妙なことに気がついたわ。恭助くんのサンダルが見あたらないというのよ……三原氏は、伜《せがれ》のかんちがいだといってるけど。めぼしいタレコミもないし、この調子では、本当に自殺で片付けられてしまうわ。通夜にきた人たちも、みんなおなじ意見なの。みえすいてるよ。殺人事件でごたついては、鬼鍬温泉のイメージダウン。恭助は自殺ということにして、温泉の権利だけありがたくただこう……ふざけてらあ」

「しげみさんが、腹をたてるはずね」

留美子が、相槌《あいづち》をうつ。

「そんな結論にならないよう、登場人物のその朝の行動を、よく考え直してみたの。まず三原家の三人から……鉄治氏、よね子夫人は七時に起床、ただし、証人なし。晋也くんは自分の部屋で、七時半に目ざめたというけど、これも証人なし。前の夜、おそくまで趣味の模型をいじくっていたので、母親に声をかけられるまで、死んだように眠ってたと、本人は説明してるわ。だから、たしかにしげみのいうように、三原家のひとり乃至《ないし》三人が、恭助を殺した可能性はあります。ところが、目を東京のわれわれにむけると、皮肉な話ね……五人のうちで、しげみだけなのよ。犯行時刻に鬼鍬にいることができるのは——」

2

武と留美子が、いっせいに叫んだ。

「しげみくんが！」

「しげみさんが！」

「どうやって、鬼鍬へ」

「彼女は恭助さんを愛してるのよ！」

「ま、ま、おさえておさえて」

キリコが、かいつまんでその可能性を説明すると、ふたりは茫然と顔を見合わせた。

「だが、そうなると……」

武が、わるい夢でも見たような目つきで、問いかえす。

「警部の前で、泣いたりわめいたりしたのは」

「お芝居ってことになります」

キリコがいえば、留美子は強く首をふった。

「信じられません。というより、信じたくない！」

「あなたの気持ちはわかるわ。でも、これは感情の問題じゃないのよ。欠席裁判みたいでわるいけど、たとえ彼女が来ても、私は、この話をもちだすつもりだった」

「それにしても、なあ……」

武の指は、神経質にテーブルの縁をたたいていた。ついさきほど、メイドさんが運んできたティーカップに、口をつける者もない。

「あの、裏も表もないしげみくんに、そんな大芝居ができるだろうか」

「できたかもしれない」

発言したのは、薩次である。

「芝居でなく、本当に悲しんでいたからだとすれば……」

薩次は考えをかみしめるように、ひと言ひと言区切りをつけて、しゃべりはじめた。

「なぜって、しげみはたしかに恭助を愛していたから……その恋人を、なぜ殺さねばならなかったか？　それは恭助が、彼女を裏切ったためと考えては、どうだろう。想像される場合は、いくつかある……手っとり早い例をあげよう。恭助が、あなた」

と薩次は、まっすぐに留美子を見た――

「に、心をうつしたとすれば？　なにかのきっかけで、その事実をつかんだしげみは、夜おそくバイクをとばして鬼鍬へむかった。

あとで父親に咎められたら、可能家へ泊まった、実は深夜映画へ行ったと、二段がまえの弁解を用意した上でね。早朝四時か四時半ごろ、彼女は三原ホテルへ着いた。表はしまっていても、隠居部屋は裏の雑木林をぬけて、直接行くことができる。しげみは、恭助を難詰した。だがかれは虚勢を張る。かっとしたしげみは、準備していた凶器で、恋人の胸を突いた。まさか自分を殺すほどの気持ちとは、恭助も考えていなかったから、争いのあとはのこっていない。ただこのとき、しげみは立ち、恭助は坐った姿勢だったので、斜め上から刺されたことになるんだ。

倒れた恭助を見て、しげみはおどろいて逃げた。刺された恭助も、やっとしげみの怒りが本ものとわかる。しげみに対してもうしわけない……このまま自分が死ねば、疑いはしげみにかかるだろう……かれは死力をふるって、ドアの鍵をかけた……いいわすれたけど、ドアには内部から鍵がつっこんであったし、恭助の指紋も鉄治氏の指紋ものこっていたんだ。密室状態にして、流しまで這っていって――そして死んだ」

みんなの視線が自分に集まっているのを見て、薩次は照れたように笑った。

「なあんてのは、うそ」

「うそ?」

武が拍子ぬけしたような声をあげる。

「もちろんだよ。恭助は即死に近かった。声を出すくらいはできても、鍵を回し、水屋まで這うことなんか、とてもできない。かりに、もえつきる直前のロウソクのように、超人的な力をふりしぼったとしても、もうそのときは、凶器はしげみがもち去ったあとだ。傷口からあふれる血が、畳をぬらさないはずがない。だが実際には、水屋の前に少量の血痕があっただけだからね」

「姿勢にも、むりがあるわ」

と、キリコが指摘した。

「かれ、流しへのりだすように死んでいたでしょう。とすれば、刺される直前、恭助は水屋にむかっていた……」

「あら!」

留美子が目をみはった。

「じゃあ犯人は、流しに立ってたの?」

「立てっこないんだ、あの流しは」

と、武が記憶をまさぐるように、天井のシャンデリアを仰ぎ見た。

「東京へ帰るとき、おじいさんに挨拶に行ったから、おぼえてる……水屋の上はすぐ吊り押し入れになっていた」

「そうだわ、頭がつかえてしまう!」

「偽装だろうか」

武はいった。

「水屋に血が流れ出たと、ぼくらは思った。実際は、どこかべつの場所でかれを刺して……」

一瞬いいよどんだ武に代わって、キリコが言葉を継いだ。

「たしかに姿勢の不自然さは解決するけど、三原家の内外に第一現場らしいあとはないのよ」

「そうか。ルミノール反応……」

「遠くで殺したという解釈もあるけど、それではなぜ、そんな遠くから危険をおかして、わざわざ隠居部屋へ死体を運んだのか、説明がつかないでしょう。まだ、傷口の問題もあるわ。——やあ!」

キリコの体が、おどった。立ち上がるのと、ティースプーンをつかむのと、そのスプーンの先端を、武の左胸部にあてるのが、まばたきするより早い動きだった。武は、よけるひまも、立つひまもない。

「……とまあ、こういう調子で刺したから、傷口は斜め上をむいていた。加害者が立ち、被害者が坐るというのが、考えられる位置関係ね。でも庭で会ったとしたら？　ふたりは当然、立っているわね。失礼」

キリコの手が、武の肱にかかった。どんなコツがあったものか、武の体は、自分でも気づかないうちに立ち上がっている。キリコもすらりとしているが、武はいっそう長身だ。その胸に、もういちどキリコはスプーンを擬した。目にもとまらぬ早さのくせに、スプーンの先は武のシャツから一センチほど離れて、ぴたりと止まった。

「ね……仮に背の高さがおなじとしても、下から突きあげるかたちになるでしょう。ところが、恭助は、関係者の中でもっとも背が高かった……」

「下からとは、きまってないさ」

キリコの手からスプーンをとりあげた武は、

「こうやって、ふりかぶって——えいっ」

だが、つぎの瞬間、武の手はキリコにつかみとられていた。

「ほら。ふりかぶって、ふりおろす。二動作になるから、ふいをつけないわよ。喧嘩上手の恭助が、だまってぐさりとやられるもんですか」

「うーん」

武は、あっさりと白旗をかかげた。

「それもそうだなあ」

「ぼくのあてずっぽうには、まだ難点がある」

ふたりが坐ったのを見はからって、薩次がふたたび口をひらいた。

「犯人を、バイクで往き来させたことさ。恭助の部屋へ近づくのは、裏を回れば人目につかない。だが、鬼鍬村の出入りには？　いくら早朝でも田舎のことだ、早起きのお年寄りがきっと、いる。女の子がバイクで突っ走れば、目撃者のひとりやふたり——」

「あ、その問題なら、解決してるんだ」

と、キリコが最新の情報をもたらした。

「サン山梨支局によると、暴走族グループ、ザ・トラブルがね、乗用車三十数台、オートバイ四十数台で遠乗りしたんだって。たまたまその時刻に、鬼鍬入り口を通過したらしいわ。帰り道だから隊伍もバラバラ、さみだれみたいに一台また一台と走ったそうだから、犯人がその中にまぎれこんだとすれば、処置なしよ。それより、しげみがバイクをもっていたかどうか」

「もっていると思うわ」

応じたのは、留美子だった。

「恭助くんとおなじ型のマシンを買って、いっしょに遠出したといってたもの」

「あいにくきみは、ペーパードライバーだが」

と、武がひやかした。

「へえっ。野原さんも、もってるのかい車の免許」

不器用な薩次には、信じられないことだ。両手両足でべつべつの動作をするなんて、思ったただけでも頭が痛くなる。そもそも人間は、百メートルの短距離でさえ、秒速十メートルが関の山ではないか。それがまあ、臆面《おくめん》もなく時速百キロでとばそうなんて、身のほど知らずもいいとこだ。

「ええ……まあ……」

留美子は、はずかしそうだった。

「ドライバーって……普通車の免許がとれたの？」

キリコが意外そうな顔をした。

「年の方はどうなるのよ」

「中学卒業の年に、母が亡くなって、いちどは高校進学をあきらめたんです。でも、中学の先生も、父も、一所懸命すすめてくださったから」

一年浪人した上で、東城高をうけたのだそうだ。

「じゃあ、私よか二つお姉さんなのね」

キリコは笑った。

「なぜだまってたの？」

「ほら、ぼくがひとつ年上だと説明したら、しげみさんが『オジサンだね』といったじゃないか。留美子さんまでオバサンあつかいされちゃたまらない」

武も笑いながら、説明した。

「だが、このままかくしておくと、わかったときに、痛くもない腹をさぐられるからね」

「そうか。自分の車はなくたって、レンタカーという方法があるし……」

いいかけて、キリコは首をふった。

「関係ないわ。車では鬼鍬で犯行をすませてから、私が電話をかけた時間までに、もどれっこないもん」

しばらくの間、四人の上に沈黙があった。薩次たちの知るかぎりの人間で、恭助を殺し得たのは依然として三原家の三人なのだ。しげみに可能性のあることは否定できないが、あまりに動機が考えにくい。

「あのう、念を押しておくわ」

留美子が発言した。

「恭助さんが私を好きになったという推理は、事実無根です」

「了解、了解」

薩次がにこりとした。

「はじめからそんなこと考えちゃいないけど、しげみイコール犯人の仮説をたてるためだから、勘弁してよ」

それからポテトは、真顔になってしゃべりはじめた。

「だがここで、ぼくはひとつの教訓を得た……われわれは、恭助くんをふくめ、知りあってふた月とたっていない。そんな短い間に、命のやりとりをするほど、緊張した関係が生まれるものか……そう思っていたけど、早合点らしい。だれかがだれかを好きになるのに、一分とかからない場合だってあるし、それが原因で殺意を生ずることもあるだろう。人の心の動きは、理屈じゃない。こういってるぼくだって、つぎの瞬間」

みんな、呆気《あっけ》にとられた。日ごろの薩次からは想像もできないすばしっこさで、キリコの肩を抱き、その唇にキスしたからだ。

「こんなことをしようとは、いまのいままで思っていなかった」

けろりとして、いう。

キリコは、口を半びらきにしたままだ。

「や……やったなあ」

やっとそれだけいったころには、薩次は知らん顔で、ふたたび舌を回転させている。

「お互いの心が読めない以上、上野くんにも、野原さんにも、キリコにも、恭助殺害の動機が生じている——少なくとも、その可能性があると、ぼくは考えることにした。むろんぼくは、ぼく自身に動機のないことを知っているけど、それをきみたちに強制はできない。

キリコが、あるいは警察が、ぼくを容疑者のひとりにくわえるのは自由だ……そのためには、ぼくのアリバイを崩し、密室の謎を解く必要があるけどね」

「アリバイはともかく、密室なんて簡単じゃないの」

やっといつものペースにもどって、キリコがいってのけた。

「ポテトだって、気がついてるんでしょ」

「だいたいはね」

ふたりのこんにゃく問答を聞いて、武がせきこんだ。

「犯人が、どこから出入りしたか、わかるのかい」

「わかってるわ」

「へえ!」

武と留美子は、目をまるくしたが、薩次はにやにや笑うばかりである。

「窓ガラスを外したとか」

「ノブに細工したとか」

「そういう場合は、警察がしらべつくしているんだもの。もっと大きな出入り口よ」

「?」

「大したトリックじゃないわ……たしか、短編に前例があったし」

とキリコは、作者が聞いたらべそをかきそうなことをいう。

「それより問題は、なんのために、そんな手間をかけて密室をつくったかということね」

さすがのキリコが、額にたて皺《しわ》を寄せると、すかさず薩次がいった。

「わかりきってるだろう。他殺を自殺にみせかけようと……」

「ナンセンス」

キリコの声が、飛んだ。

「凶器がないのが、説明つかないわ!」

「だから、気がつかなかったんだ」

「?」

薩次は、とんでもないことをいいだした。

「たぶん犯人は、そこまで考えが回らなかったんだよ」

キリコはあきれた。むしろ憤然として、

「そんなばかなことって、ある?」

「小説の中ではありえないだろうな」

と薩次はあっさりしたものだ。

「推理小説にあらわれる犯人は、最高レベルのIQの持ち主さ。こんな重要なポイントを、見すごすわけがない。だけど、われわれの日常生活をふりかえってごらんよ。肝心かなめをど忘れして、滑稽《こっけい》なしくじりをくりかえしてるじゃないか。五十円安い買い物のために、二百八十円のタクシーを奮発したり、ハイキングに缶切り忘れて、おかずなしのお昼になったり。ふだんでさえ、こうだ……まして殺人事件のような、非日常的な事態にぶつかったら、どんなばかげたミスを演ずるかわからない。なまじ冷静な第三者の目で見るから、その失敗まで犯人の計画と買いかぶってしまう。だからぼくは、殺しのアマチュアである犯人の立場になって、あわてふためいたつもりで考えた」

いつにない薩次の雄弁に、武も留美子も圧倒されたようだが、キリコだけは知っている……このヌーボーとしたポテトくんが、見かけよりはるかに鋭利な目をもっていることを。

「われわれは、最初に密室と聞いて、自殺のための偽装と、とっさに考えたね。犯人の目的も、そうだったんだ。だが、アマチュアの悲しさ、死体移動に際して、重大な手ぬかりを犯した……それが一番、自然な解釈じゃないだろうか」

「なるほどね」

キリコが、長い足を組みかえた。いつものジーパンとちがって、みじかめのワンピースだから、正面に坐った武が、目のやり場に困っている。

「お説はおおむね傾聴に値したわ」

「でも、実際に殺人を演じた第一現場がどこかわからないんだ」

薩次は、両手をばんざいの形にあげてみせた。

「きみは、死体移動説に反対かもしれないけど」

「どういたしまして。死体に手がくわわっていることは、私もとっくに承知してたわ」

キリコがいった。

「へえ。なぜ断定できるのさ」

「恭助のパジャマよ」

「パジャマ」

こんどは薩次がきょとんとする番だ。

「濃紺のチェックに、緑のストライプ……私が警部さんと問答したこと、おぼえてるでしょう」

「おぼえているけど……それがなにか」

「うふふ」

キリコは、額から鼻の頭へ皺を移動させて笑った。

「つまり感覚の問題だね」

3

お昼の食事は、上野家でとってくれた。うな重である。

「ひゃあ。ゴーカケンラン」

さすがのキリコが、とりみだし気味だ。

「晩めしのうな丼だってめったにありつけないのに、これはお重だね」

と、薩次の声もうわずっている。ふたりの名誉のために書いておくが、決して可能家や牧家がけちなのではない。上野家が、デラックスすぎるのだ。

「お話がはずんでいらっしゃいましたこと」

と、お茶をつぎながらメイドさんがいう。五十年配の上品なおばさんだ。

(うちのお母さんの方が、ずっとガラがわるい)

と、キリコは思った。四人が、応接室のガラスのテーブルを食卓がわりに食べている間、つききりで世話をやいてくれる。

(絨毯におつゆをこぼすといけないから、見張ってるんだ)

そんなことを考えた薩次は、少々被害妄想気味かもしれない。

「話といっても、しゃべったのはもっぱら牧くんたちだ」

「お友達が、亡くなった事件でございましょう。おそろしいことでございますわねえ」

メイドさんは、武から聞いていたらしい。あいそよく、キリコたちを見た。

「早く犯人がつかまれば、ようございますけど」

「ぼくだって、その犯人かもしれないんだぞ」

武が、おどかす。

「ま、ご冗談を。坊ちゃんたら」

メイドさんは、ころころと笑った。笑いっぷりまで上品である。

「本当なんだ……あの日ぼくは、離れに寝ていただろう。ぼくが、いつ離れをぬけ出したか知ってるかい」

「は？　いいえ」

当惑したように、白髪まじりの頭をふった。

「存じません。こちらのお嬢さまから電話をいただいて、坊ちゃんのお部屋へ参りますと」

「もぬけのからだった。そのはずだ。ぼくは車を留美子さんのうちへ走らせていた……というのは口実で、夜中のうちにぬけ出したぼくは、鬼鍬へ突っ走ったのさ」

「まあ」

「そこでぼくは、恭助くんを殺した！　イヒヒヒ」

「まあ……まあ」

「折り返して、留美子さんの家に辿《たど》りつく……とたんに、電話のベルが鳴った。これがつまり、キリコさんからの電話だった……というのは、どう」

武がしたり顔でいうと、留美子がその背中をぶった。

「いや！　武さん」

「あいたた。本気でぶたないでよ」

恭助が生きていたら、

「よっ、ご両人」

と、ひやかしたことだろうが、キリコはそっけなく、

「その仮定は、時間的に間にあわないといったでしょう。あなたの車から、チキチキバンバンみたいに、翼が生えるならべつよ」

チキチキバンバンとは、『007』の原作者イアン・フレミングが書いたファンタジーで、エンジンの音がチキチキバンバンと鳴る、空とぶ自動車が登場する。

「ところがぼくは、死体を水屋につけてきた……あそこの水源は、井戸だからね。夏なおつめたい流水にうたれて、死体現象に誤差が生じ、犯行時刻を誤認させ……」

もうメイドさんは、「まあ」とも「きゃあ」ともいわなくなった。まるで、お化けでも見るような目つきで、武を見ている。

だがキリコは、わははと笑った。

「話があべこべだわ。冷水につければ、死体現象がおくれるから、実際の犯行は、五時よりもっとあとということになって、いよいよ鬼鍬から帰る時間がなくなるじゃないの」

「あっ、そうか」

武が、舌を出した。

「それに、解剖は熟練した甲府の専門医があたってるの。死体が流水にさらされていたことだって、当然計算にはいってるわよ」

「まいった。残念ながらぼくは容疑の圏外だ」

メイドさんにも、やっと武の冗談がのみこめたらしい。大仰に、胸をなでおろした。

「おどかさないでくださいな。もし坊ちゃんが、そんなことをなすったら……」

「おやじは、首をくるかもしれないね」

「本当でございますよ。旦那さまがどれほど坊ちゃんを自慢なすっておいでか。親不孝な真似は、冗談にもやめていただきます」

メイドさんに、ぴしりといわれたときの、武の表情は見ものだった。

（たすけてくれ）

といわんばかりの顔に、キリコはもう少しでふきだすところだった。

「つらいもんだね。期待されるというのは……」

薩次が、しみじみといった。

「うちだって、せめて一浪ではいれる程度の国立にしてくれというんだ。私立じゃ入学金がかさむし……ストレートではいれといわないだけ、息子の才能を知ってるけど」

「坊ちゃんは、大丈夫でございます」

メイドさんが、にこやかにいった。

「ついせんだっても、野溝先生が坊ちゃんのお書きになった小説に、目をまるくなさいまして。野溝久《ひさし》先生、ご承知でございましょう、あの有名な……」

「もちろん、知りすぎるくらい知ってるけど、あなたが書いた小説って、なんのこと」

キリコにむきなおられて、武は弱ったようである。

（よけいなことをいうな）

とばかりに、メイドさんをにらんでから、照れくさそうに、説明した。

「おもしろ半分に、書きためていた推理小説があるんだ……ついうっかり机の上に出しておいたら、父さんにみつかってさ……よせばいいのにそれを野溝先生に」

「読んでもらったの。へえ！」

「父さんは、金儲けにこりかたまってて、小説のよしあしなぞ、わかりっこないんだ。ゴルフでつきあってるくせに、野溝先生の本だって、読んだことないんだよ。そのくせ、ぜひとも読んでくれって……あとでその話聞いて、ぼく、顔から火が出ちまった」

「そう坊ちゃんは謙遜《けんそん》なさいますけど」

メイドさんが意気ごんだ。

「お読みになった野溝先生はうなっておしまいになりましてね。『これはすごい！　傑作だ！』」

「やめろってば」

武は、本当に顔をあからめていた。

「『ぜひ私に、出版社を紹介させてほしい』そうおっしゃったんですよ、あなた」

「見えすいたお世辞さ……あの先生、推理小説なんて書いたことないのに」

武の顔が、こんどは青くなってきた。ずいぶん神経質な少年だ。

「野溝先生の奥さんが洋装店をはじめるから、銀行に口をきいてほしいんだ。きっと、そうだよ。お金がほしいだけだよ」

「そんなことを、おっしゃるものではございません」

メイドさんの言葉は、あくまで折り目正しかった。

「たとえお世辞からはじまったにせよ、あのあと、本当に出版社の方がいらっしゃいましたよ」

「うん、それは、来たけど……」

「やるじゃないの、武くん！」

キリコの大声に、シャンデリアがゆれるほどだった。

「ガリ勉の点取り虫と思ったら、世をしのぶ仮の姿だったのね！　おめでとう。出版されたら、絶対買うわ。ねえ、ポテト」

「あ、ああ」

なにやら浮かぬ顔の薩次を見て、キリコがくすくす笑った。

「先をこされて、がっくりきてる」

「先を——？」

「あ、そうか。あなたたち知らないんだ」

薩次がよせとゼスチュアするのもかまわず、中学時代にかれの書いた小説の話をした。

「ふしぎよねえ……ポテトも恭助くんも、小説を書いてると思ったら、武くんまで」

「あら！」

留美子が大げさにおどろきの声をあげた。

「恭助さんが、書いてたの。知らなかったわ」

「ね、そうだろう。こういうことは、ひとに吹聴《ふいちょう》するものじゃないんだよ」

と、武はメイドさんをたしなめた。

「恭助くん、どんなトリックを考えついたのかな。興味あるなあ」

「ところがその原稿を紛失したんですって」

キリコがいきさつを語ると、武は自分のことのようにくやしがった。

「かれが死んだいまとなっては、犯人もトリックもわからないんだね。残念だな」

そこで一旦、話題がとぎれたころには、四人の前のうな重はきれいさっぱり片付いていた。ほんのひと口のこったきも吸いを、名ごり惜しげにすすった薩次が、そのままの姿勢で、ふっと視線を宙に釘づけにした。

（どうも気になる……）

「どうしたのポテト」

キリコが笑った。

「そうやってると、お椀の底から、おつゆが湧く？」

「い、いや、ちょっとね。考えごとしてたんで」

「ふうん。事件のこと？」

「うん、まあ……」

短い間、薩次はいおうかいうまいか迷ったが、口をついて出たのは、まったくべつな話題だった。

「それより、おいしかったね、うな重！」

4

上野邸からの帰り道、薩次はひどく無口になった。もともと、しゃべるときと黙りこくるときと、むらの多い方だったから、キリコは気にしない。

世田谷のほぼ中心にある上野邸から、キリコの家へ帰るには、小田急線が便利である。

代々木八幡《よよぎはちまん》でおり、地下鉄千代田線に乗りかえても、まだ薩次は口をきかなかった。

「いい加減にしゃべったら、どう」

ついにキリコがしびれをきらせたのは、表参道《おもてさんどう》駅でおり、青山墓地につづく陸橋へさしかかったときだ。

それでも薩次は、

「うん……家に帰ってから話すよ」

と、生返事である。

「なによ、もったいぶってさ。私だって、考えてることがあるんだ」

「ああ、さっきのパジャマのこと」

「えっへへ」

キリコは意味ありげに笑う。

「きみは、その方面はコンマ以下だからね。いくら考えたって、むり、むり」

「その方面て……どの方面」

「たとえばでございますよ」

キリコが、橋の袂《たもと》でさっとポーズをとった。三日前、原宿のミルクで買った、チャイニーズカラーのワンピースだ。太陽をまるのみしたような原色が目にまぶしくて、薩次は顔をしかめた。

「たとえば、どうしたというんだ」

反問する薩次に、キリコは肩をすくめた。

「いいたかないけど、ほんと無知だね、おしゃれについて」

「え……あ……そうか、その服買ったのか」

「あたり前でしょ。プレゼントしてくれるような、気のきいたＢ Ｆ《ボーイフレンド》いないんだから！　これが恭助なら、ははあ夏もの一掃バーゲンで買ったな。だがお前にぴったりだ。なあんちゃって、けなしてるような顔でほめてくれるのに、あたしゃ選択をあやまったね」

紅衛兵《こうえいへい》風の帽子を団扇《うちわ》がわりにして、ばたばたとやけに風を送ったときだ。

強烈なエキゾーストノートが、アスファルトの路面にこだまして、数台のオートバイが墓地の方から走ってきた。

先頭は、泣く子もだまる超重量級、ハーレーダビッドソンだ。どっ、どっ、どっ、腹の底にずしんとこたえるエンジンの咆哮《ほうこう》に、薩次は思わずあとずさりした。

「あぶない、キリコ」

ポーズをとるのに車道へ出ていた彼女の体をかすめて、怪物のようなオートバイが駆け去る。とたんに、彼女の手から帽子がふっとんだ。

「なにすんのよォ！」

怒鳴ったのはライダーの方ではない。花もはじらうキリコ嬢である。

「そんなオモチャに乗って、いい気になるな！」

薩次はたまげた。

耳ざわりな急制動の音をひびかせて、オートバイがつぎからつぎへUターンする。たちまちキリコの派手なワンピースは、革ジャンのライダールックに囲まれてしまった。そういえば、この一帯は暴走グループのサーキットみたいな場所である。

「どうしよう……」

おしゃれも弱いが、喧嘩にはもっと弱い薩次である。この際すべての友情をなげうって、一目散に逃げだしたい。薩次の家は、陸橋脇の階段をおりてすぐのところにある。

（逃げるんじゃない、一一〇番へ電話をかけにゆくだけだ）

と、心中にいいわけの文句までできあがっていた。それでも、尻に帆をかけなかったのは、薩次としてはあっぱれな態度である。正直なところ、ひと足動けば失禁しそうなほど、マシンからおりたライダーたちが、殺気立って見えたのだ。

ところがキリコは、たったいま怒鳴ったことなぞどこ吹く風だ。

「かーっこいい！」

と、第一声を発して、革ジャンたちをあきれさせた。

「大声出してごめんたれ。だって、このハーレーがあんましいかすんだもの。ちょっと、ちょっとでいいからさわらせて。うわわわ、シビレルーッ」

風防グラスを外した、当の乗り手が苦笑した。鼻下に髭をたくわえているが、年はせいぜい二十二、三歳だろう。

「そんなに好きかよ、マシンが」

「好きなんて程度じゃないのデス。あっ、こっちのマシンはロータリーエンジンじゃない。西独《にしドイツ》のフェリックス・バンケルが元祖なのよね。ぶふっ、この人8気筒エンジンでかっこつけちゃってらあ。バックレストつきにシートを改造したのね、『イージー・ライダー』見たんでしょう。あの映画にさ、こないだ『カッコーの巣の上で』でアカデミー賞とったニコルソンが出てたこと知ってる?」

話題はそれからそれへ、ねずみ花火のようにはじける。

橋の手摺《てすり》に貼りついたままの薩次には、それからキリコが、なにをしゃべってなにをたずねたのやら、見当もつかない。おしまいにライダーのひとりが、キリコを誘ったようだった。

「おれたち、これから青梅《おうめ》街道とばすんだ。よかったら乗れよ」

ふたり乗り、タンデムドライブというやつだ。

「残念だけど、またこんどね」

しおどきと見て、キリコはひきあげるつもりらしい。

「あたしのボインに背骨を押されると、たいていの男は、ハンドルを切りそこねるよ」

「なんだよ。自分でちょっかいかけたのに、尻ごみする手はねえだろう」

粘着質らしい青年の手が、キリコのむきだしの腕にかかった。同時に青年は、「うっ」と呻《うめ》き、キリコはするするとその場を離れた。

「じゃあね。バーイ」

はなやかに手をふってみせたキリコは、立ちすくんでいる薩次に、小声でいった。

「行こ」

急ぎ足で階段をおりて行かれては、車で追いすがるわけにもゆかず、キリコをパートナーにしようとした青年は、ぶすっとして手をなでている。

「どうしたんだよ。へんな声出しやがって」

仲間にきかれて、青年は首をかしげた。

「それがさあ。あいつの指がおれの手首にさわったらさあ。ビーッと頭のてっぺんまでしびれちまってさあ。おっかしいなあ」

「おかしいのは、お前だろ」

「かわいい子ちゃんだったのに」

ひとしきり笑い声があがって、若者たちはまた、突風のように住宅街を駆け去っていった。そのころ、陸橋の下の路地では、薩次がおでこの汗をぬぐっている。

「無茶だよ！」

薩次は、本気で口をとがらせた。

「なんだってあんなことをしたんだ。帽子が飛んだのは、わざとしたことじゃないか！」

「見てたの。へえ、目がいいんだね」

「いくらきみがチャンバラに自信があっても、ものずきすぎる！」

「ものずき？　とんでもない……きみ、気がつかなかったの。ハーレーダビッドソンが掲げていた旗に、ザ・トラブルと書いてあったことを」

ザ・トラブル！

薩次はようやく思い出した。事件当日、鬼鍬入り口を走りぬけた暴走族の名前ではないか。

「そ、それで」

「聞いたよ……あの朝、メンバーにないあやしいオートバイを見なかったかって」

「うん」

「知らないとさ。警察にもいわれたけど、おれたちを目のかたきにする連中に、協力する必要ないといって、笑ってた」

「なあんだ、そうか……」

薩次は、拍子ぬけした。たしかに、キリコのあのやり方なら、警察にだまっていたことでも、気安くしゃべってくれたろうが——

「大勢集まって、バリバリギャンギャン騒ぐからおっかなくても、ひとりひとりはおとなしいな。ふられたかれが、追いかけてくるかと思ったけど」

キリコは、もの足りないように、橋を見上げた。

「それくらいのファイトがあるなら、つきあってやったのに。近ごろの男の子は、たるんどるよ。——どうする？」

どうするといってキリコが足を止めたのは、ちょうどそこが薩次の家の前だったためだ。

「うちへくる？」

「いや……土曜のいまごろでは、お店が混んでる最中だろう。こっちへあがれよ」

混んでいればお茶菓子も出まい、というわけである。

「じゃ、そうさせてもらおうか」

古びたしもたやだが、掃除はゆきとどいているし、玄関の戸の建てつけもスムーズだ。

土間へ立つと、キリコはとっときの声を出した。

「ごめんくださいまし」

「よせやい。気色がわるい」

だが、奥から出てきた牧夫人は、これがキリコの地だと信じている。

「いらっしゃい。いつも薩次がお世話になっております」

「いいえ、私こそ……牧くんにはいつもいつも……」

といった、女同士の挨拶はめんどうだから一切省く。そんなきまりきった台詞《せりふ》より、

(女の子ってのは、どうしてこんなに変わり身が早いんだろう)

憮然とながめている薩次を想像してもらった方が、まだしもおもしろい。

薩次の部屋は、縁側のつきあたりにある。部屋というより勉強机をおいただけのコーナーだが、椅子の背後を厚手のカーテンで仕切ると、けっこう一城のあるじになった気分だそうだ。

「定員一名なんで、客がくるとカーテンはしまらない」

薩次は縁側に腰をおろし、キリコは猫の額ほどの庭にむかって腰かけた。牧夫人の手前、あぐらをかくことができないからだろう。

お勝手のあたりで電話が鳴った。

「もしもし」

夫人の声が聞こえる。

「ちょっとお待ちください」

葡萄《ぶどう》を盛った果物鉢を手に、牧夫人が顔を見せて、

「薩次」

と呼ぶ。

「はい」

ポテトが電話に立ったあと、葡萄をつまみながら、キリコは考えた。

（しげみかもしれない）

そうではなかった。しばらくしてもどってきた薩次が、やや緊張した様子で、

「晋也くんからだ」

と告げた。

「なんていってきたの」

「それが……」

と、薩次は、いま聞いた電話の意味するものが、つかめないようである。

「橋のことなんだよ」

「橋？」

「ああ。晋也くんがいうにはね。橋は前の晩、たしかにかかっていたというのさ。ほら、おぼえているだろう。渡り廊下から見えた、おんぼろの木橋」

鉄治はその橋を、解体作業のトレーニング代わりに、前夜のうちにばらしたといっている。だが晋也は、それがうそだと気がついた。というのは、模型の組み立てに疲れた少年は、気分転換に夜中のせせらぎをながめようと、庭へおりたからである。

木橋は、いつもの位置にかかっていた。それどころか、少年は、長い間木橋の上にたた

ずんで、水面に砕ける月をながめていたという。板の一部が腐って、今にもふみぬきそうになり、ひやりとしたことまでおぼえている。

ところが、あくる朝、事件を知らせる父の声におどろいて、渡り廊下を走ったときには、橋の形はなかった。

そのときは、工務店の主人もいたことだし、父たちより寝坊したせいもあって、早朝のうちにとりこわしたものと思っていたのだが……

「あとで聞くと、鉄治氏は、警察に『前夜とりこわした』と話している。その時間のずれに、意味がありはしないか。晋也くんはそういうんだ」

「ふうん」

キリコは、熱心に耳をかたむけた。

「考えているうちにだんだん心配になってきた。ひょっとしたら父は、なにか大きな間違いをしでかしたのかもしれない。

そう思って様子を見ていると、今日、父と母がひそひそ話をかわした末、そそくさと上京していった……」

「あら、三原氏が東京へ？」

「昼ごろ出たというから、もう着いてる時分だね。新宿の三光《さんこう》ビジネスホテルだってさ。

そうそう、晋也くん、幽霊事件ではご迷惑をかけましたって」

「迷惑どころか、楽しかったのに」

「あやまるついで……といってはへんだけど、相談する相手もいないし、警察に話す気にもならないので、お知らせしておきます……というのが、電話の内容だったよ」

「わかった！」

キリコが、大きく手をうった。いつの間にやら、長い足まで縁側にあがりこんで、例のごとくあぐらをかいている。

「第一現場は、あの橋の上なんだ！」

「え」

まじまじとキリコを見た薩次は、じきに彼女のいおうとするところを、のみこんだらしい。

「そうか。恭助くんは、橋の上で刺されたのか……血に汚れた第一現場は、三原氏があとかたもなく解体してしまった！　偶然、そこは隠居部屋の排水管の末端でもある……水屋から排出された血は少量でも、下流に大量の血痕があったのは、橋が現場だったためだ。晋也くんは、いまにもふみぬきそうに、腐った板があるといったね。恭助は……」

「きっと、犯人とむかいあっているうちに、そこへ落ちたんだよ」

「ちょうど、坐ったときとおなじくらいの背たけになった。足をとられて動けない恭助の胸を」

「犯人は刺した！　だから傷口が斜めになっていた」

「待てよ。サンダルの問題があったぞ。うん、板をふみぬいたはずみに、川へ流してしまったんだ」

「たとえ一方でもなくしてしまえば、のこった片方も始末しなけりゃ、あやしまれる」

「だから晋也くんが気づいたのを、三原氏はうちけそうとした……あっ」

薩次は指を鳴らしたが、プシュという音しか発しないのは、前に述べたとおりである。

「きみは、はじめから鉄治氏を疑っていたんだね。パジャマ！」

「ウイ」

キリコが答えた。

「人なみにおしゃれの神経をもちあわせていたら、上下あんなとんちんかんな柄を身につけるもんですか。だから私は、死んでから恭助が着替えさせられたと思ったの。それも、おしゃれのことなぞわかりっこない、中年のおっさんに……」

「鬼瓦警部から、事件の説明を聞く間、きみは三つの質問をしたっけ」

「ウイ」

「そのひとつがパジャマ。もうひとつが」

「なぜ三原鉄治は、妻や伜《せがれ》に命ずることなく、恭助をおこしに行ったのか。いうまでもなく、そのときはもう……」

「恭助の死体を隠居部屋へ運び、橋をばらしおわったあとだった」

「イエス」

「工務店のおっさんは、几帳面《きちょうめん》な人だ……到着する時間にあわせて、死体を発見する。第三者の証人が必要だからね」

「イエス」

薩次は、顔をしかめた。

「どうでもいいけど、日本語を使ってくれ」

「なによ。せっかくメグレや、ミス・マープルになったつもりでいたのに。さて、私のもうひとつの質問、おぼえてる？」

「おぼえてるとも。なぜ気みじかに、ドアに体当たりしたか」

「その意味、わかって？」

「おおよそね。密室の出入り口をごまかしたかったから……隠居部屋は古いプレハブ、溝を切った柱にパネルをおとしこんだだけの構造だ。しかも三原氏は手先が器用。屋根をずらして、窓か壁かドアか、どれかのパネルを外して出入りすればいい。三原氏が選んだのは、ドアパネルだ……万一鑑識が柱とパネルの隙間をしらべて、動かしたあとを見るようだとボロが出る。そこでわざわざ派手に体当たりを食わせて、そのときのショックのせいにするつもりでいたんだな。芸がこまかいよ」

「上出来だわ。そこまでは、私もスイスイ考えたの。わからなかったのは、密室の意味。鬼鍬でも、ポテトの演説のおかげでスッキリした。気が動転した三原氏は、自分のため、鬼鍬温泉のため、甥の死をぜがひでも自殺に見せかけたかったんだわ。それには恭助を、隠居部屋へ封じて密室にすればいい……肝心の凶器がないことを忘れてね。あとで考えればナンセンスだけど、そのときの三原氏の奮戦を思えば、だれに笑う資格があるかしら」

(私にないことは、たしかだ)

と、キリコは考える。

(一学期のテストで、八十五点もらいながら、自分の名を書くのを忘れて、零点にされたことがあったもの)

「そのため、意味のない密室になってしまった——あらっ」

「なんだい」

「私、思いちがいしてたのかしら。てっきり三原氏を犯人だと思っていたけど、刺した本人が凶器を忘れるなんて、そそっかしすぎるわね」

「ぼくも、そう考える……」

薩次が重々しく同意した。

「恭助くんを殺した犯人は、べつにいるんだ。三原氏は、かれの死体を発見して、狼狽しただけじゃないだろうか。ほうっておけば、自分が殺したと思われる。三原ホテルにもけちがつく。そこで、自殺にみせかけようとした」

「おちついてる場合じゃない！」

キリコが叫んだので、おどろいたように牧夫人が顔を出し、薩次はあわててキリコをつついた。いそいで足を始末したキリコは、なおもせきこむように、

「いったいきみは、犯人をだれだと思ってるのよ？」

薩次が答えようとしたとき、また電話が鳴った。

「きっと、しげみよ」

やはりそうだった。夫人に、しげみの名を告げられて薩次が立って行く。こんどの電話は、時間がかかった。

（ほやほやの推理まで、しゃべっているな）

台所の方で、にわかに薩次の声が高まった。

「むきになるなよ……どうしても行くんなら、われわれも……待てったら！」

それっきり、電話は切れたらしい。しばらくして、薩次がすごすごとひきかえしてきた。

「なにをさわいでいたの」

「うっかり、口をすべらせたんだ。三原氏が、三光ビジネスホテルに泊まっていることを。そしたら彼女いきりたってさ」

「叔父さんが犯人じゃないと、話したんでしょう？」

「そんなことは、本人を問いつめればわかるって、すごい権幕だったよ」

キリコは、不安な表情になった。

「彼女、三光ホテルへなぐりこむつもり？　大丈夫かしら」

「大丈夫って、なにが」

「三原氏がドアをあけると、かくしもった出刃庖丁で、エイ！」

「よせやい」

「冗談いってるんじゃないわよ。しげみ、かっとしたらやりかねないんだから……行きましょう！」

「どこへ」

「あたまくるわね。三光ビジネスホテルよ！　しげみが乗りこむんなら、私たちもつきあうの」

薩次はうんざりしたようである。

「いま武くんの家から帰ってきたばかりなのに」

「あんた、つめたいよ」

夫人に聞かれると具合がわるいので、キリコは声をおとして凄んでみせた。

「友情ってものをどう考えるのさ。ノートの貸し借りだけじゃないんだ。もし友達に、少しでも罪をおかす危険があったら、そいつを未然に防いでやるのが友情だろ。わかったよ。ああ、わかりましたよ」

急にキリコの声が大きくなった。

「あんたの友情は、キスの不意討ちなんだろ。おばさあん……薩次くんがねえ」

薩次は、ねずみ花火におどろいた猫のように飛びあがって、キリコの口をおさえた。

「行く行く行く！」

無邪気な喧嘩だった。

だが、それから一時間とたたぬうちに、ふたりは喧嘩したことをくやむようになる。せめてあと五分早く、牧家を飛び出していたら！　しげみは殺人容疑者にならずにすんだのだ……

第三幕第二場　意味のある密室

1

「新宿です」

「三光ホテル、いそいでください！」

返事のかわりに、タクシーの運転手は、猛然とスピードをあげた。

「ええと、つまり……三光ビジネスホテルだけど」

薩次がおずおずといいなおす。

「なにを念押してるのさ」

「だってさ。ただホテルといったら、そのう、ぼくらがまるで……」

薩次が口の中でもごもごつぶやいた。キリコもむろんピンときて、

（あ……それで運転手さん、機嫌がわるいのか）

あわてて彼女もいいそえた。

「そうそう、ビジネスホテル。田舎のおじさんが来てるのよ」

よけいないいわけまでしている。おとなは若い者のことをとやかくいうが、これで若者たちだって、結構気をつかっているのである。

「しげみ、家だった?」

「六本木にいるといってた」

「じゃあ……」

とっさに頭の中に東京道路地図をはりめぐらしたキリコは、安心したようにいう。

「私たちが五分おくれて出たとしても、着くのはほとんどおんなじね」

土曜の夕方、幹線道路は大した渋滞もみせなかったが、大木戸から角筈《つのはず》へ近づくにつれ、さすがに道がこみはじめた。

三光町の交差点で車を捨て、ふたりは小走りにホテルへむかう。くすんだような中型ビルのむこうに、セピアの外壁がけばけばしい、新築の十二階建てだ。厚ぼったい雲がひろがりはじめて、空も町も灰色に暮れかかったためか、いっそうホテルの色彩だけが浮きあがってみえた。

「ビジネスホテルにしては、派手なデザインだね。ベランダまでめぐらしてある」

「もともとマンションのつもりでこしらえたのよ。不景気で売れそうもないから、ホテルに変更したらしいわ」

キリコの博識は、経済界の情報にまで及ぶのだ。

ロビーへかけこんだが、フロントはがらんとしていて、人っ子ひとり見あたらない。

「お願いします！」

奥にむかって声をはると、上着の袖に手をとおしながら、二十五、六のうすっぺらな感じの男があらわれた。若すぎるアベックのふたりを見て、

（こいつら、ホテルをまちがえたんじゃないか）

という顔になる。

（不潔なやつ！）

のどまで出かかった悪口をおさえて、

「一〇〇六号室の三原さん、いらっしゃいますね」

不潔氏はキイをたしかめた。

「ご在室です」

「そこへ、女の子がたずねてゆかなかったでしょうか」

「さあ。その女性は、お客さまのルームナンバーをご存知ですかね」

キリコは、薩次を見た。

「電話でしゃべったの」

「うん」

もうしわけなさそうに目を伏せる。その様子を横目で見たフロントは、木で鼻をくったような態度で、

「それでは、じかに部屋へ行かれたかもしれませんな。私どもでは、わかりかねます」

いうだけいうと、さっさと奥へひっこんでしまった。

「なってないわ」

仕方なく、十階の一〇〇六号室へあがることにした。エレベーターホールの横に、歯みがきやコーラの自動販売機がならび、トイレの隣に赤電話とコインロッカーがある。

「なるほど、ここはホテルじゃなくて、ビジネスホテルだ」

と、薩次はあらためて感心した。

「部屋の面積もせまいし、ルームサービスもないかわり、安いの。しぶちんの鉄治氏にふさわしいでしょう」

エレベーターを十階で降りると、正面がやはりホールになっていて、そこに設けられたベンチで、ふたりの男が熱心に話しこんでいた。デザイナーと注文主でもあるのか、大きなポスターをひろげている。

「一〇〇六室、どちらでしょうか」

薩次が聞こうとするよりも、キリコが部屋をみつける方が早かった。

「こっち、こっち」

エレベーターの両翼に廊下がのび、その左右にドアがふたつずつならんでいる。どれもシングルルームらしい。六号室は、エレベーターを出て、すぐ右隣にあった。各フロアー八室のこのホテルでは、偶数番号の部屋がエレベーター側に、奇数番号の部屋がホール側に、それぞれ四室配置されている。

キリコたちが六号室の前へ立ったとき、背後で男ふたりの、おどろいたような声が聞こえた。

「ひどい雨ですよ」

「夕立だな。ほら、むこうの空が光った」

上野家へ行ったときには、あんなにいい天気だったのに。女ごころと秋の空か、とキリコに聞こえないようひとりごとをいった薩次は、かるくドアをノックした。

間髪をいれず、すさまじい悲鳴がはねかえってきた。その声を、なんと形容したらいいのだろう。のどの奥が裂けたような叫びだった。人間の声とは思われない……それでいて、声のぬしはしげみであることが、キリコにも薩次にも、はっきりとわかった。

「しげみ！」

キリコの手がノブにかかると、ドアは無抵抗に開いた。

飛びこもうとして、さすがのキリコが二の足をふんだ。

せまい部屋だから、ひと目で見渡すことができる。ベッドには浴衣がけの鉄治氏が仰向けのまま、胸から血をあふれさせており、そのそばで、しげみが立ちすくんでいた。

「どうした！」

「なんです！」

ホールの男ふたりが、キリコと薩次の肩ごしにこの光景を見て、蛙のつぶれたような声を発した。

だしぬけに、窓の外にフラッシュがたかれた。巨大な閃光が、棒立ちのしげみをシルエットにかえ、まるで命のない人形のように見せた。

だが彼女は、生きている証拠に、げくげくとしゃくりあげていた。

「あたしが殺したんじゃないよう」

その言葉をかき消して、落雷の音が炸裂した。だれもがひとしきり、耳が聞こえなくなった。

最初にわれにかえったのは、デザイナーの青年である。

「人殺しだ！」

時代がかった叫び声をまきちらして、エレベーターへかけ去る間、キリコの目は、ふたつのものをとらえていた。

床に散り、テレビの上に置かれ、デスクに載ったメカニックなおもちゃのかずかず、それは鉄治が息子のために買ったみやげでもあろうか。もうひとつは、鉄治の胸にふかぶかと立っている凶器である。赤い、まるっこい木の柄がついたドライバーらしい。

(恭助を刺したのは、あれだ!)

はっきりした理由もなくそう思いこんだキリコは、腹の底から這いあがってくる恐怖をねじ伏せながら、一歩ベッドに近づいて――こんどこそ、

「ひっ」

と、息を吸いこんだ。

鉄治の頭のかげで、鬼の顔が笑っていた。怜子の幽霊があらわれる前、みんなで見ていたふくべ細工。牙をはやした青鬼が、ぽっかりと口をあけ、天井を見あげて声もなく笑っていた。だれにむかって笑っている? 殺された鉄治の姿がおかしいのか、金縛りにあったようなキリコたちがおかしいのか、鬼に聞いても答えまい。空をふたたび稲妻が切り裂いて、ベランダの手摺《てすり》を白々と染めた。

2

「キリコ姫。お目ざめかね」

克郎がのこのこ、キリコの部屋へはいってきた。いつものキリコなら、

「無礼者。すさりおろう」

と、布団にくるまったまま一喝するところだが、今朝はちがう。あらかじめ布団の中で、外れたパジャマのボタンをかけ直し、ぱっと起きあがった。

「どうした。なにか、わかった?」

「わかったから、報告に来てやったんだ」

兄貴のふとい手が、無造作にカーテンをひらくと、燦々《さんさん》たる秋の日が寝不足の目を射て、キリコは思わず顔をしかめた。

「もう、こんな時間なの!」

「あたり前だ。お前が警察から帰ったのは、夜中なんだぜ」

あぐらをかいた克郎は、ポケットから、ひしゃげたタバコの箱をとりだす。キリコのあぐらは、兄貴ゆずりらしい。

「電話をもらったときは、おどろいたね。ポテトとホテルにいるんだけど、早く来て……おれもふしだらな妹をもったと思ったぜ。あちっ」

タバコに火をつけてやるとみせかけて、キリコはエッチな兄貴の鼻の頭を、ライターで焼こうとしたのである。

「だがまあ、事件の担当がおれのなじみの連中でよかったよ。さもなきゃお前も共犯であげられてたとこだ。日ごろの行いがわるいからなあ」

「恩きせがましくいわないでさ。さっさとしゃべってくれない？　私もポテトも、目撃者談ばかりやらされて、全体のアウトラインがつかめないのよ」

「よろしい。名探偵のため、一席ぶつこととといたそうか」

克郎が手帳をひろげたとき、階下から母の呼ぶ声がした。

「キリコ、起きたのなら顔洗って、さっさと食事をすませて頂戴！」

兄妹は肩をすくめた。

「お母さんにとっては、真犯人追求よか、おみおつけのさめる方が大問題らしいな」

克郎によってもたらされた、事件のあらましはこうである。

三原鉄治は、昨日午後三時すぎ、三光ビジネスホテルに投宿した。上京の目的は、よくわからない。鬼鍬に電話して、よね子にたしかめたところ、鉄治は出しなに、

「金策だ」

といったそうだが、彼女に心あたりはない。もっとも、旅館経営が火の車なのは事実で、現に本館のとりこわし費用をひねりだすのさえ、四苦八苦だったらしい。内金を催促した工務店主人は、

「近いうち入金するから」

といわれ、拝み倒されていた。

投宿後の鉄治であるが、外出した様子はない。ただし、外部へ電話した形跡はある。というのは、交換に電話がかかって、外線のかけ方をたずねているからだ。

「こちらからつないでも、ゼロ発信でもかかります」

と答えると、

「わかった」

といって、そそくさと切ったそうだ。当然、ダイヤルゼロを回して、直接外部にかけたものと思われ、しらべてみると、五分間通話した記録がのこっていた。残念ながら、どこの電話へかけたかは不明である。せっかく交換を呼びだしながら、あらためてゼロ発信でかけ直したという事実は、秘密を要するものだったと想像される。

ここで、幸いだったのは十階のエレベーターホールで、ポスターデザインを打ち合わせていた、ふたりの男の存在だ。かれらは、鉄治が六号室へはいった直後から、ほぼ二時間にわたって、討議をくりかえしていた。注文主は、地方で名の売れた和菓子店の番頭で、若手デザイナーの感覚的なイラストがのみこめず、すったもんだしていたという。

その番頭が、四時半ごろ六号室をノックした若者を目撃しているのだ。

「なんせ、打ち合わせに熱を入れてましてん、はっきり見たわけやおまへん。だれかエレベーターを降りたなと思って、ふいと目をあげると、ジーパンに黒っぽいセーターの男が、六号室の前で背をむけてはりました。顔は、さあ……長髪で小柄やいうことしかわかりまへんなあ。約束があったのか、ドアはすぐ開きましたで。三十分も部屋にいたやろか、ドアの音が聞こえて、こんど見たときはエレベーターに乗りこむところでしたなあ」

けっきょく番頭は、若者の顔をまったく見ていないのだ。ただ、エレベーターのドアがとじて、視線をもどすとき、壁の時計が目にはいったため、若者が帰っていったのを、午後五時三分前と、ひどく正確に記憶していた。

一方、五時二十分すぎ、交換へかかった電話で、

「一〇〇六号室の三原に取り次いでほしい」

といった者がある。

「それが……若いにはちがいないんですけど、男とも女ともつかない、くぐもった声でした」

あるいは電話のぬしは、送話器にハンケチでもかぶせていたのだろうか。

「おかしなことに、お客さまのお名前を確認して、おつなぎしようとしたら、もう切れていたんです。三原さま、たいそう怒っておいででした」

どういうつもりでかけた電話か知らないが、おかげで被害者が午後五時二十分まで生きていたことが、確実になった。

この間、十階のエレベーターを乗り降りした者は、三号室にはいった出張ビジネスマンらしい男と、四号室にはいったレインコートの若い女のふたりだけだ。そして、そのどち

らも、問題の六号室とは反対の廊下に面しているから、エレベーター前に頑張っている二人の目をかすめて、現場に行くことはできない。

「だけどさ」

と、口をはさんだのは、食事をすませて、兄の話を拝聴していたキリコである。

「三号室はホールの隣だからむりでも、四号室ならベランダを通って、六号室へ行けるじゃない。途中はエレベーターダクトの壁だから、ほかの部屋の客にも気づかれないし……」

「そうはゆかん」

と、克郎が爪楊枝《つまようじ》で歯をせせりながら、いった。その横に、これは朝食ぬきでかけつけた薩次が、かしこまっている。

「現場のベランダに面した窓は、クレッセント錠がかかっていた」

クレッセント錠というのは、サッシによく使われている半円形の金具をかみあわせる戸締まり用の錠である。

「あっ、そうなの」

「鍵をかけるタイプの錠ではないから、外からはガラスをやぶらないかぎり、手のほどこしようがない」

「針金や糸を使っても？」

「また、推理小説か」

克郎は、にたにたと笑った。

「あいにく防音用にできていて、針一本通す隙もないほど精密なんだ。ガラスにはひびひとつはいっていない。換気はエアコンがやってくれるから、それ用の窓もない。ないないづくしでもうしわけない」

「お兄さん」

薩次が口を出した。

「ほう。おがついてさんがつくなんて、感動的だね。いまの世に敬語を知るティーンがいるとはなあ……なんだい」

と、「お兄さん」は猫なで声だ。

「六号室側の廊下で、あとの三部屋はどうなんでしょう。五、七、八号室に犯人がかくれていたという考え方は……」

「いいところをつくじゃないか。うむ」

ともちあげておいて、ストンとおとした。

「残念だがその三室は、のこらず鍵がかかっていた。……では話をすすめるよ」

いよいよ、しげみの登場である。

この時間も、和菓子屋さんによって、ほぼ正確に六時と判明した。

「血相かえてエレベーターを出てきよりまして、どかどかーっと六号室へ……えらい威勢のええ嬢ちゃんやなあと思うとったら、五分もせんうちに、またふたり」

ふたりというのが、キリコと薩次であるのは、いうまでもない。

ここで、しげみの陳述を聞こう。

彼女は、殺人容疑者として逮捕された。なにより不利なのは、生きている三原鉄治の最後の声となった、五時二十分の電話のあと、一〇〇六号室にはいった人間が皆無であることだ。次に、鉄治の胸に突っ立っていた凶器からも、彼女の指紋が採取された。それについて、しげみはつぎのように述べている。

「殺すつもりは、なかったさ……でも、あいつに会ったら、面とむかって怒鳴りつけて、ツバのひとつもひっかけてやろうと思ってた。ああ、ノックなんてするもんか。だまって、部屋の中へふみこんでやった」

ちょうど雨雲のひろがった時分である。たそがれはじめた九月の空は、夜のように黒ずんで、明かりのついていない六号室は、海の底よりも暗かった。

「よく見ると、あいつがベッドにはいってる。私はそばへ寄って、かけていた毛布をひっぺがしたんだ」

その瞬間、目にはいったのは、鉄治の胸に生えた凶器の柄である。

「あっと思ったら、あたしの足もとで、なにかがカタカタ動いたんだ。きもちわるいったら、ありゃしない。ブリキ細工みたいなその機械がね、まるでヘビみたいにさ、体をくねらせて床を這《は》うんだ」

読者はご存知だろうか。機械による、動物の生態模写。沖縄の海洋博へ行った人なら、あるいは見ているかもしれない……機械水族館メクアリウム。小さな動力を、複雑に組み合わされたリンクによってつぎからつぎへ伝導し、本物の生物そっくりに、あるいは歩き、あるいは跳ぶ機械ロボット。最新型のメカニカルトーイとして、すでにいく種類も市販されている。あるものはヘビ、あるものはカニ、あるものはムカデ……リアルでユーモラスなそのアクションが、晋也のような模型好きの少年には、こたえられない魅力としてうつるのだろう。

「おどろいてテレビにぶつかったら、今度はそこにSLの模型が乗ってやがった……もう少しで床に落ちるとこだった。重いから、落ちたらあたしは怪我してるけどな。机の上にはジグソーパズルまで散ってたぜ……それっきり、あたしは息をするのも忘れて棒立ちになった……とたんに、あたしの耳もとでだれかがドアをノックした」

薩次のノックが、途方もないボリュームで爆発したのだ。それをきっかけに、しげみはありったけの声で、悲鳴をあげていた……

「まずいことに彼女は、凶器を見て、その柄をつかんでいるんだ」

「なぜ、そんなことをしたの」

「いま抜いてやれば、生きかえるかもしれない……そう思ったというんだがね」

笑いかけた克郎は、キリコたちの表情を見て、笑いをひっこめた。

「私だって、その瞬間はおなじことを思ったかもしれない。えらいよ、しげみは」

キリコの語調に、感動がこめられていた。

「殺したいと思った相手でも、いざとなると、助けてやりたくなるなんて」

「助けるというより、生きかえって、自分の恨みの言葉を聞いてほしい……そう考えたのかもしれないね」

薩次がはなはだクールにいう。キリコはにらんだ。

「そんなつめたいことをいうから、もてないんだよ」

「お静かに」

と、克郎が間にはいった。

「要点が、あとふたつある。まず、凶器だ」

鉄治の胸をつらぬいたのは、先端をグラインダーで研磨《けんま》した、プラスドライバーだった。

「プラスドライバー!」

「もしかしたら、恭助くんを刺したのも……」

克郎は、邪慳《じゃけん》にタバコの灰を落として、いった。

「おなじものらしい」

いわゆるネジ回しの先端が、—の形でしかないものを、＋の字の形になるよう改良したのが、プラスドライバーだ。

「たしかに、四ツ目錐に似ていて、もっとふといわ」

「電気や機械に関心のある人間なら、だれでも二本や三本もってます。売った店は、わかるんですか」

「なんともいえんらしいな……もっとわからんのは、ふくべ細工さ」

鉄治の死に顔とならんで笑っていたふくべの鬼は、まぎれもなく三原ホテルにあったもののひとつだった。上京に際して、みやげがわりに鉄治がもってきたのだろうか。それとも、なにかほかにふかい意味があったのだろうか？

「ちぇっ、もう時間だ」

腕時計を見た克郎が、舌うちした。ご出勤らしい。

「宮仕えはつらいよ」

「会社には宿題がないんだ。我慢しなさい」

キリコが容赦なくいったとき、電話のベルが鳴った。

「もしもーし」

まのびした調子で電話に出た克郎は、たちどころにシャッキリした。

「遺書！　被害者は、遺書をもっていたというのか。えっ、鬼の口の中に……」

3

ふくべの鬼は、口の中に、鉄治の遺書をおさめていた。

文面に曰《いわ》く。

「恭助は、私が殺したことを、みとめます」……

「さあ、おもしろくなってきた！」

同僚からホットニュースをもらった、軽薄なる克郎兄貴は、そんな無責任な言葉を口走って、いそいそとサン新聞へ出勤していった。

「しあわせな兄貴」

キリコがぼそっと、いう。

「たぶん、あの人は」

あの人というのが克郎であること、ことわるまでもない。

「恭助を殺したのが鉄治で、罪を悔いて自殺したと思ってるんだよ」

「密室状態だったあの部屋で、しげみが殺さなかったとすれば、鉄治氏の自殺以外、説明がつかないからね」

いいきる薩次を、キリコは見た。

「本気でそう思う？」

聞かれて薩次は、口をつぐんだ。

「平和な解釈でしょうけどね。八方まるくおさまってさあ」

薩次の沈黙を同意ととって、キリコはつけくわえた。

「こんどは、意味ある密室ができたじゃない」

キリコも薩次も、いったいなにを考えているのだろう？

実はキリコは、警察から帰る道すがら、薩次から第一の事件の推理と、そのきっかけになった些細《ささい》な言葉を聞いている。その犯人を、第二の事件にあてはめるとき、おそろしいほど状況が適合してくるのだ。

秋の日に照らされて、ふたりはおもくるしい顔を

幕間　その3

研ぎすまされた刃のように、するどい沈黙がIさんの面をおおっていた。

「……おもくるしい顔を」で切れた原稿を読みおえて、数分が経った。

それでもIさんは、口をひらこうとしない。なにかしら、得体の知れぬ激情に堪えているのだ。

先にこらえきれなくなったのは、私の方である。

「どうでしょう……三幕二場は、まだ書きかけですが」

Iさんは、私の質問に答えるかわりに、ゆっくりと椅子を回した。きい、と椅子の足が耳ざわりな音をたてる。

「おどろきましたね」

やがてIさんは、それだけを、ぽつりといった。

おどろいた……？

いくら私がおめでたくても、作品の出来におどろいたのではないことがわかる。Iさんの言葉は、水銀のように重かった。掌にのせたらめりこみそうな、異様な質量感だった。

「はじめにぼくは、感想として述べましたね。新宿駅の事件を、物語におりこんだのがあざとすぎるって」

「ええ」

「撤回します」

Iさんは、いった。

「あなたは決して、あの事件にあてこんだのではない……物語の一部に、必然的に組みこまれていたんですね」

「……」

こんどは、私がだまりこむ番だった。

いったいIさんは、これからなにをいいだすつもりなのだろう。私は、いいしれぬ不安にさいなまれた。

(かるはずみな私は、とりかえしのつかぬ失敗をしでかしたのではないだろうか)

だとしても、いまさらあとへはひけなかった。すでにIさんは、私の目の前で、私の原稿を読みおえている。

私の原稿?

厳密にいえば、「私の」ではなかった。「私たちの」、「私とかれらの」、「私と相馬《そうま》崇《たかし》さんと、死んだ数谷《かずたに》さんの」原稿であった。

「第一の殺人事件を読んだとき、私はまだ偶然の暗合と思っていた。あるいは、新宿駅の爆発事故同様、新聞かなにかで知ったあの事件を、モデルにしたのだろうと考えました……」

Iさんの言葉が、私の胸をしめつけた。なんということだろう！　ではIさんは、数谷京太郎《きようたろう》の死を知っていたのか。

「ご存知のように、京太郎くんが、密室で死んでいた事件は、密室だったゆえに、うやむやのまま自殺として処理されようとしました。そこへ、ここにあるような第二の事件が突発した」

Iさんは、私の原稿を平手でたたいた。私は自分のもっとも痛いところを打たれたように、体をすくめた。

「京太郎の叔父、数谷哲夫《てつお》は、遺書らしいものをのこして死んだ……おどろくべきことは、その遺書の文言が、あなたの小説に酷似していることです」

Iさんは、めがねの下の細い目をとじた。

「京太郎を殺したのは、私であることを誓います……。ニュアンスが、滑稽にひびきませんか？　まるでこれは、遺書というより誓約書だ。そういえば、あなたの小説にあらわれた遺書は、契約書に似ていますね」

「……」

「いずれにせよ、第一の事件の犯人は、第二の事件の被害者と考えられた……第一の事件にくらべると、第二の事件は、はるかに完全な密室だったから」

「……」

私にはふしぎだった。どういうわけで、編集のIさんが、これほどまでふたつの事件についてくわしいのだろう。

「たぶんあなたは、弁解するでしょうね。すべては偶然の産物です。確率の神様が小さなミスをしただけです……と。だが、本当にそんなことがあるでしょうか。ふたつの殺人の設定が、現実と小説と、そっくりだなんて。たしかに、現実の事件では、キリコとか薩次とか、子どもっぽい探偵は登場していない。あらわれるのは、三原恭助ならぬ、数谷京太郎。三原鉄治ではなく、数谷哲夫。上野武ならぬ、相馬崇。野原留美子ならぬ、蘭百合子《らんゆりこ》」

「それが、どうしたんです」

と、私——百合子はいった。

「似ているといえば似てる名もありますわ。だけど、野原留美子と私なんて、似ても似つかないじゃありませんか。モデルになったふたつの殺人事件なんて、私は知りません。聞いたこともありません」

Iさんは、あわれむような目で、私をみつめた。

「軽々しいことは、いわない方がいいですよ。調べたら、すぐわかることなんだ」

私はぎょっとして口をつぐんだ。

どちらかといえば小柄なIさんの体が、私の前で、ぶきみにふくれあがってゆく。

「事実は小説より奇なりといいますね。だから、小説ではめったに許されない偶然が、現実に起こったってかまわない。それにしても、この物語にあらわれる偶然の一致は、多すぎましたよ」

「恭助と京太郎と、似ていることですか。鉄治と哲夫、武と崇が？」

私はこわばった笑みをつくって、必死に反問した。

「いいがかりですわ。あなたが聞きかじった事件に、ちょっと似たところがあるからなんて。ほんの一字か二字、実在の人物に似た名前があるからなんて」

「おちついてくださいよ」

Iさんは、平静を保っていた。

「ぼくがいうのは、それだけじゃありません……頭文字の問題があるんです」

「頭文字？」

「そう。三原のMが、数谷のKに。上野のUが、相馬のSに、野原のNが、Lに。これは蘭とも、百合――リリーの頭文字とも考えられますがね。いいですか、MがK。UがS。NがL。どれもアルファベットでいえば、ふたつずつずれている。ところで、小説の中の新宿駅爆発事故は九番線になっていた。だが実際の爆発は七番線だった。ここでも、数字がふたつ、ずれてるじゃありませんか。登場人物名改変の手がかりとして、現実とフィクションと、わざと舞台をずらしておいた。あきれるほどの几帳面さというか、フェアプレーというか……それだけ、推理小説が好きなんですね、あなたは。あるいは、相馬くんは」

私は、立ちあがった。

もういけない。このままこの編集室で、Iさんとむかいあっていようものなら、私はきっと叫びだすだろう。

「それがどうしたというんです！　私や崇さんが、現実の事件とかかわりがあるとおっしゃるの。まさか崇さんが、犯人だなんていうんじゃないでしょうね。あいにくだけど、真犯人がだれかってところまで、小説はまだできていませんのよ。アリバイも、密室も、動機も、なあんにもわかっちゃいませんのよ！」

だめ！

情にまかせてそんな言葉を口走れば、それこそ崇さんに迷惑がかかる。崇さんの……そう、かれのためを思えばこそ、こうしてこつこつと書き直して、編集部へ日参したのではないか。

私は、歯を食いしばって、自制した。バッグを提げた手の爪を、血の出るほど掌に食いこませた。

「いずれ……原稿が完成しましたら……」

あえぐようにそれだけいって、私はIさんに背をむけた。

うしろでIさんが、呼びかけている。

「百合子さん」

私は足を止めた。

近づいたIさんは、なぐさめ顔でいった。

「偶然は許されないといいましたね。だが、現実には、ときとしてひどくドラマチックな偶然が起こるものです……ぼくの名を、知ってますか」

たぶん私は、目をぱちくりしたことだろう。Iさんは、照れたような、詫びるような口ぶりで、

「石田《いしだ》正己《まさみ》といいます」

「?」

なんのことか、まだわからない。

「あなた、小説に書いていますね。三原家から、東京の加藤家へ養子にいったナオミという子ども」

「あっ」

私は、叫んだ。

実際に私が聞いていた名は、石田家へ養子にいったマサミだ。私は、その語感から、ふかくも考えず女とばかり思っていた。だからナオミと、ことさら女っぽい名に変え、Iを

Kに、これまたふたつイニシャルをずらした。そのIが、私の目の前の「Iさん」であった！　マサミは正己であり、男性だったのだ。

道理で、ふたつの殺人事件を、すみずみまで知りつくしている。相手がわるかったというべきだ。よりによって、私は、とんでもない編集者のところへ、崇さんの原稿をもちこんでしまったのだ。

呆然としている私にIさんは、いつものきびしい編集者の素顔になってきめつけた。

「だが、この種の大きな偶然は、いいとこ一冊にひとつです。それ以上ふやせば、話が安っぽいメロドラマになって、読者をそっぽむかせてしまう。気をつけてください」

Iさんは、私を階段の入り口まで送ってくれた。

「いよいよ絵解きですね。水際立ったところを書いてきてもらいたいな」

私は無言で一礼して、階段をおりはじめた。正面の壁に姿見がある。そこに映った私は、うちのめされたあわれなひとりの女子大生だった。

(崇さん……ごめんなさい)

私は心の中で、くりかえし詫びた。

上野武、いや相馬崇。かれが死んで、もう三年になる。その間私は、かれの作品を世に出したい、それだけの目的で生きてきたのに……それなのに……ああ。

私はいつか、町の雑踏の中に身をおいていた。A社の外は、数寄屋橋《すきやばし》……日本最大の盛り場なのだ。

街角につくねんと立つポストへ、私はふらふらと歩みよった。右手に、用意しておいた封書をもっている私。

ことんと音がして、封書はポストにのみこまれた。

(これでいい)

私は安堵《あんど》の吐息をもらすと、足早に車道へ出ていった。背後で、数人のおどろきの声があがり、私の前後には、あつい車の息吹《いぶき》がたちこめた。見れば、交差点のポリスボックスから、警官が飛び出して、なにやら叫んでいる。

私はいささか滑稽になった。

(そんなに騒ぐほどのことはないのに……)

警官は、信号灯を指さして、

「これが見えんか」

と、わめいていた。

(見えますとも)

だが、それがどうしたというのかしら。

信号を無視して、ダンプやタンクローリーが人道へ乗りいれたのなら、話はべつだ。かよわい女の子がひとり、車道を突っ切ろうとするくらい、大目に見たっていいではないか。警官は、口から泡をふきだして、ゼブラゾーンのほぼ中央にいる私のところへ、突進しようとして、立ち往生した。

べらぼうにでかい、カーキャリーが、かれの前方を塞《ふさ》いだのだ。私の周囲で、車が憤激の火の手をあげていた。

(人間のくせに)

(ここはおれたちの領分だぞ)

(どけ、どけ)

(どかなきゃけちらせ)

怒号し、咆哮し、たけりくるったが、私の耳はもはやその音を聞いてはいなかった。目はかれらを見ていなかった。

「崇さん」

私の唇は、恋人の名を唱えていた。

三年前の九月、相馬崇はこの交差点で命を捨てた——

「死をいそぐ少年」とマスコミは報道し、親も教師も友達も、「原因がさっぱりわからない」と語った謎の死。ある有識者はいった。

「過保護に育てられた若者は、いちど壁にぶつかると、飛びこす工夫も遠回りする智恵もはたらかない。かれらにとって、長い『空白』であった夏休みのおわりは、魔に魅入られる季節なのだ」と……。

なんの前ぶれもなく、衝撃がおそった。私をよけようとしてひしめいた車が接触事故を起こし、その一台が、斜め左からぶつかってきたのである。

私の体は、毬《まり》のように舞いあがった。明日になったら新聞は、私のことを、どのように書きたてるだろうか。

第四幕　殺人は「ごっこ」じゃない

1

「月のいとはなやかにさし出でたるに、今宵《こよい》は十五夜なりけり……」

窓框《まどがまち》によりかかって、キリコが歌うようにいった。今夜の彼女はウール地ながら珍しくきりっと着物を身につけ、遠目にはみごとな日本の少女である。こまかく見れば、手も足もつんつるてんで、この一年の彼女の成長のスピードがうかがわれ、

「服も靴も、のこらず買い直さなきゃならないね……」

という、親のなげきが手にとるようだ。

「せっかくの源氏物語だけど、空はいまにも泣きだしそうだよ」

と、薩次が首をのばした。こっちは変わりばえせぬセーターにズボンで、しゃれっ気ゼロだ。

「東京の秋は雨量が多くって、中秋《ちゅうしゅう》の名月というけど、おいそれと見られないのがふつう

なんだ」

妹の解説に、克郎も首を回したが、星ひとつ光るものはない。

「墨を流したといいたいが、ペンキを厚ぬりしたような空だぜ。さあ、もういいだろう。夜風は体に毒だ」

追いたてるようにして妹を畳へおろし、窓をしめる。

「さて、と」

克郎はグローブみたいな掌《て》をこすりあわせた。

「そんな不景気な面をしないで、ぼちぼち白状してくれや」

「白状って、なにを」

キリコは空っとぼける。

「かくすなよ……会社じゃ期待してるんだ。おれに、ではないぞ。お前たちふたりの名探偵ぶりにだ」

「弱ったなあ」

薩次が頭をかいた。

「弱るこたあない。ずばり、事件の真相を語ってくれよ……チョコレート、どうだ」

克郎がチョコを買ってくるなんて、奇跡に近い。

「こりゃハーシーの上ものだぞ。おっと、甲州産、種なし処理したデラウエアもある」

「資金の出所は、夕刊サン？」

と、キリコが兄をにらんだ。

「私たちを買収しようっていうんなら、デラウエアより田中角栄《たなかかくえい》並のピーナッツがいいな」

「ひと聞きのわるいことをいいやがる」

克郎は、むやみにタバコをふかした。

「ヒントだけでもいいんだ。な？　鉄治氏の遺書が発見された。そいつが本物かどうかってことだけでも」

「筆跡は、たしかに三原鉄治氏なんでしょ」

「そうなんだ。だからといって、本物の遺書たあかぎらねえ。小説によくあるじゃないか、だまして書かせるテクニック」

「それはあるわよ。右手を怪我したといって代筆させたり、遺書と見えたのが実はもっと長い文章の一部だったり」

「警察でも、そんな意見があるわけだな。しげみ嬢が、なんらかの策略を用いて、あらかじめ鉄治氏に書かせておいた……」

「ちょっと、兄貴！」

キリコの声がとがった。

「どういうこと。まだしげみは疑われているの」

「うむ……恭助くんの事件を担当していた警部が、こっちの捜査本部へあらわれてね……フカとかクジラとかいった」

「王仁警部でしょう」

「それだ。なんでも人間をぱくりとやる名だと思った……そのジョーズみたいな男が、しげみと鉄治の関係を、いろいろとしゃべったらしい」

あのときしげみは、三原家をみな殺しにせんばかりの権幕でなぐりこんだ。鬼瓦の心証がよかろうはずはない。

「そういう次第で、お前さんたちが……」

克郎は、じろりとふたりを見くらべて、いやに重々しく宣告した。

「いつまでもシラを切れば、しげみ嬢は無実の罪で、配所《はいしょ》の月を見るのだぞ」

「月は今夜は出てないってば……だけど」

キリコは、薩次を見た。

薩次も、キリコを見た。

「かわいそうだね、しげみ」

「ぼくとしては、犯人がなんらかの行動をおこすことを期待してるんだが……」

克郎が、ぐいとひと膝のりだした。

「果たして！　すでに犯人をつきとめていたんだな。あっぱれ名探偵」

お世辞をあびせられても、ふたりの態度は煮えきらなかった。もうひと押しとばかり、克郎は催促がましい。

「しげみが犯人じゃないとすると、密室の謎もといたんだね。えらいぞ！　それで？」

「密室なんて」

とキリコは、つまらなそうな口ぶりだ。

「たいしたことじゃないのよ。その作り方を研究するために、今日はおもちゃ屋さんをハシゴしたけど」

「おもちゃ屋だって」

「ええ……現場に、たくさんの機械おもちゃが落ちていたでしょう」

「うん。息子にみやげ——というあれか」

「その、みやげというところに、ひっかかったの。しぶちんで名高い鉄治氏が、上京して早々みやげを買いこむなんて、考えられないわ」

「だが、かれは金策に東京へ出たんだろう。それが思いのほかうまくいったので、いつになく気が大きくなって……」

「たしかに、電話のやりとりで話がまとまったかもしれないわ。だけど、鉄治氏は、その前後、まったく外出した気配がないのよ」

「そうか……すると、どうなるんだ。おもちゃをもちこんだのは、犯人だってのか？」

「もちろんよ」

「ははあ、三原氏への手みやげとして」

「それもあったでしょうね。だけど、本来の目的は、密室をつくるため」

「もういちどいってくれ」

克郎は、ふとい指で耳をほじった。

「おもちゃで密室？」

「おもちゃといってもね、リンクメカニズムの精華よ。海洋博で機械生物のテストをしていたら、あまり自分と似た動きをするので、本もののカワハギがいっしょに泳ぎはじめたというくらいよ」

「それが、密室とどう関係するんだ」

「バイオニクス……生体工学という言葉があるわね」

と、キリコは兄のいらだちなぞ、頭からうけつけない。

「生きものの体の働きを参考にして、新しい動きをする機械をつくること。いいかえれば、生物の複雑なアクションを、機械でおきかえる……バッタのジャンプも、カニの横這《ば》いも、シャクトリ虫の前進も、小さなロボットおもちゃがやってのけるの。電池とモーターと、硬質アルミの組み合わせで」

「えらいもんだ」

克郎は、しぶしぶ同意した。

「そういや、しげみ嬢はヘビそっくりの動きをするおもちゃにふるえあがったそうだな。たぶん、おれよか器用で高級なおもちゃばかりだろうよ。おれも、おもちゃになりてえや」

「そのおもちゃの性能を考えれば、クレッセント錠なんて、わけないと思うでしょ」

「えっ」

おどろいたはずみに、くわえたばかりのタバコが、ズボンに落ちた。灰をはらう時間も惜しげに、克郎はせきこんだ。

「ベランダの戸締まりを、おもちゃにさせたのか！」

「錠前にもいろいろあるわね。箱錠、シリンダー錠、旧式のねじ締まりから、鍵に磁石を埋めこんだ電子ロックまで。どれも回転と前進の動作を与える必要があるけど、クレッセント錠の場合は、把手《とって》に斜めの力さえ加えれば、施錠解錠ができるのよ」

「すると犯人は、鉄治氏を刺したあと、錠の把手に……」

「そう、たとえばテグスの先を輪にしてひっかける。一端をおもちゃの回転部にとりつける。モーターが回転すればテグスはひかれる、鍵がおりる、把手からテグスがはずれる」

「……」

「しかし、そのときはもう犯人はベランダへ出てなきゃならん。どうやっておもちゃを動かす？」

「古いよ、兄貴は」

キリコが笑った。

「いまでは動くおもちゃはリモコンつきが多いのよ。機械いじりの好きな人ならラジコンのしかけをつければ、外からだって自由自在」

「うーむ」

「施錠がすんだら、おもちゃを移動させて、仲間といっしょにしておく。葉をかくすなら森の中って、推理小説におなじみの原理だわ」

それだけいって、キリコは肩をすくめた。

「……と、ここまでは私が考えたわけ。そしたらポテトが異議を申し立てたんだ」

バトンをタッチされた薩次が、口をひらいた。

「残念ながら、そのおもちゃでは軽すぎて、錠をあけるより、自分が錠の方へ動いてしまう。だがひとつだけ、そうならないだけの重みのあるおもちゃがありました……SLです」

「うーん、そうか」

「錠から引いたテグスを、カーテンレールにひっかければ、動力の方向を変えられます……外れたテグスは、最後にSLの車輪へ巻きこまれるんです」

そこでキリコが、総括した。

「機械的密室なんて、針だの糸だのクラシックな小道具をつかわなくても、あたらしい材料がつぎからつぎへ飛び出す世の中ですもの。奇術趣味としても、お手軽よ。問題は……」

「なぜ、密室をつくったか」

薩次がいうと、キリコも、

「それにつきるわね。その点、こんどの密室は明確な意図がありました」

「鉄治氏を自殺とみせかけるためなんだな?」

「そうよ。そこにしげみが飛びこんだから、話がややこしくなっちゃった」

「では、遺書について名探偵の考えを聞こう」

「それは……」

口ごもるキリコを、克郎がせっついた。

「無責任でいいから、なんでも口走ってみろよ。犯人は、どうやってかれに遺書を書かせたのか?」

「遺書じゃなかったのよ……契約書……証文だったと思うわ」

「証文? だれとだれの間でかわされたんだ」

「犯人と、被害者の間……」

「はっきりしねえなあ!」

克郎が眉をひそめた。

「いい加減に、その犯人の名を教えてくれねえか」

「……」

「……」

ふたりは期せずして、だまりこむ。

「じれったいな。そいつがわからなきゃ、いつまでたっても、ちんぷんかんだ」

「じゃあ、いうわ」

キリコが唾をのみこんだ。

「上野武くん」

「やはり、そうか」

克郎が溜息をついた。もうもうとたちこめたタバコの煙を、窓をあけて追いはらう。どこかの家で、しまい忘れたらしい風鈴《ふうりん》が、鳴っていた。

「風が出たようだな」

三人は、しばらくの間ぼんやりと、まっくらな空をながめていた。

やがてぽつんと、克郎がいう。

「おれも、お前たちがもたついてるんで、そんなこっちゃないかと思ってた……ひとつ、じっくりいきさつを聞かせてくれ」

「ぼくから、話しましょう」

薩次が、重い口をひらいた。

「武くんは、鉄治氏の脅迫をうけていたんです。鉄治氏が、奥さんや工務店にほのめかした入金のあてというのが、それでした。上野家はブルジョアですからね……約束をとりつけて、鉄治氏は上京した。最初にホテルからかけた電話は、おそらく武くんあてでしょう。内容が脅迫だからこそ、交換を通したくなかったんです。呼び出しに応じて一〇〇六号室をたずねた少年は、武くん。だがデザイナーとスポンサーが、エレベーターホールで打ち合わせ中だった……たまたまディスカッションに夢中だったから、武くんの顔を見なかったけれど、武くんにそれはわからない。万一見られていても大丈夫なように、部屋を出てから、赤電話でホテルの交換を呼ぶ。この時点で、鉄治氏の生きていることが確認されれば、それ以前の来客に疑いはかかりませんよね。一回目の訪問で、武くんは、こんなふうにもちかけたのでしょう。

『お金はなんとかする。そのかわり、父にも内緒にしてほしい。それでは信用できないというなら、証文を書こう』」

「あの、恭助は自分が殺した云々《うんぬん》の文面だな」

「そうです。

『ただし』と、武くんはいったはずです。

『文章は、あなたが書いてほしい。ぼくは、そのあとにサインをする。こうやって、あなたの筆跡を書面にのこしておけば、トラブルがあったとき、あなたをひきずりこめますから』

鉄治氏も、ちょっと首をひねったが、自分の名を書くわけでなく、その程度の申し出ならかまうまいと、証文を用意して、二度目の訪問を待っていた。あらかじめ武くんは、『エレベーターの前の人に顔を見られた。変装して出直してくる』

といって、帰ったのでしょう。一階へおりて、赤電話をかけた武くんは、コインロッカーにつっこんでおいた、女もののレインコートを着て、フロントでチェックインしたのち、一〇〇四号室へはいった。コートにレインハット、長髪ですから、目撃者たちは、若い女だとばかり思いこんだ」

「レインコートの女性が四号室へはいったとき、雨はまだ降ってなかったのよ。予報になっにわか雨なのに、用心がいいなあと思って話を聞いたわ」

「それも手がかりのひとつか。うむ……四号室からベランダ伝《づた》いに六号室へはいった犯人は、証文にサインするとみせ、油断していた鉄治氏を刺した、とこうなる」

「レインコートが、返り血をふせぐ役目もしたんでしょうね」

「ふたたび外へ出た犯人は、ラジコンで模型をあやつり、施錠する……待てよ、わからんことがもうひとつある。ふくべの鬼だ」

「鬼」

キリコも薩次も、稲妻に照らされて浮かびあがった、ユーモラスで異様な鬼の顔を思い出した。

「ふくべ細工は、武くんをおどかす道具に、鉄治氏がもってきたのよ」

「ふうん？」

「これは、ポテトが気がついたことだから……」

と、キリコは薩次に話のリードをゆずった。

「ふくべの鬼は、鬼鍬温泉の、屋根裏部屋にありました。ちょうど下では幽霊さわぎで、キリコさんたちが飛び出したあと……ぼくは、おそろしいものを、見てしまったんです」

窓に映った武の顔。

恐怖にひきゆがんだその表情が、いったいなにに由来するものであったか。

「その武くんの様子を、鉄治氏の奥さんも見たはずです。もともとあの一件は、恭助くんに怜子さんの亡霊を見せて、かれの反応をうかがうためのものでしたが、その恭助くん以上にふるえあがったのが、武くんだったわけです……」

「そのときの恐怖を思い出させようと、ふくべ鬼を運んできたのか……なんだって！」

克郎が奇声を発した。

タバコを捨て、正座して、

「ではなにか。怜子さんをはねたのは」

「武くんでした……恭助くんが殺されたのは、それに気がついたためでしょう」

「ど、ど、どうして、そんなことが」

口ごもる克郎に対し、薩次はどこまでもおちついていた。

「武くんの家で、実は恭助くんは小説を書いていた——という話が出ました。するとかれは、なんの説明も聞かぬうちに、『どんなトリックか』と問いかえしたんです。なぜかれは、紛失した恭助くんの小説が、推理小説だとわかったのでしょう」

「……」

「正解はひとつしかありません。かれは前もって、恭助くんの小説を読む機会があった。そして、オートバイを乗り逃げし、晋也くんの姉さんをはねとばした者だけが、荷台にあった未発表の原稿を読むことができたのです」

2

その夜、キリコは眠ることができなかった。

夜半すぎまで克郎たちと話しあった末、思いきって上野邸に電話をかけたのだ。武の勉強は深夜型なので、そんな時間の方がゆっくり話せると考えたためである。電話は、離れに切りかえられていて、すぐ武が出た。

応答は、もっぱら薩次のうけもちだった。

はじめ武は、自分が犯人だと指摘されても、笑って相手にしなかった。

「ぼくが乗り逃げの、ひき逃げ？　そりゃあぼくだって、オートバイは好きだ。かっこいいマシンを見ると、いまでも胸がワクワクする。ああ、旅行だって大好きさ。それもできるだけ人にあわないような、観光地じゃない場所をほっつき歩くんだ……だからぼくが、鬼鍬にあらわれたって、ふしぎじゃない。おまけに受験期のぼくは、情緒不安定だ。万引きだろうが、かっぱらいだろうが、やるときはやるかもしれないね。だけど、それが殺人の動機にむすびつくなんて……」

武は、いつになくおしゃべりだった。憑《つ》かれたような多弁が、かれの狼狽を語っていた。

「いやだなあ。そんな冗談はよそうよ。ぼくのうちへ来たとき、いったろう。われわれ四人には、アリバイがあるって。キリコさんなんだよ、あの日、留美子さんの家に、ぼくが来ていることをたしかめたのは」

反論は、覚悟の上だった。

「そのとき、モービル・ハムが活躍したのとちがうかい」

「え……」

矢はぴたりと、的を射た。たちまち、武はだまりこんでしまった。

「留美子さんの家には、無線機がある。きみは、鬼鍬からの帰り道、車を走らせながら、留美子さんと交信していた。そこへ、キリコさんの電話がはいったんだ」

「……」

「彼女の説明によると、モービル・ハムは、状態さえよければ肉声そっくりに聞こえるらしいね。きみは、いかにも留美子さんのそばにいるようにしゃべったけれど、本当は、まだ中央高速を走っていたんだ」

「……」

受話器のむこうは、沼のように静かだった。

「ぼくは、きみのことを警察に知らせたくない。われわれの勝手な希望をいわせてもらえば、きみの自由意志で、堂々と警察の門をくぐってほしいんだ」

「……」

「それが、せめてものぼくらの友情と思ってくれ」

薩次の声が、わずかだがしめっていた。ややあって武の、案外からりとした声がもどってきた。

「わかった……だが、この話は留美子さんには」

「むろん、だれにもしていないよ」

「そうか。ありがとう。……よくきみたち、ぼくを信用してくれたね」

「友達じゃないか！」

送話器に口をつけて、キリコが怒鳴った。

「友達が、友達を信用できなくなったら、どうするんだ！」

「ありがとう、キリコさん」

電話のむこうで、武は、きっとしたようである。

「ぼくは、ぼくの意志で行動する。……おやすみ」

かれはついに、ひとことも、弁解をこころみようとしなかった。薩次も、キリコも、見えない相手に挨拶を送った。

「おやすみ」

「おやすみ」

――そして、いま。

キリコは布団の中で、しきりに寝返りをうちつづける。

(これでよかったのだろうか)

と。

(もっとも困難な判断を、武ひとりに押しつけて、私はいい子になろうとしている)

そこにいたるまでの武の、胸底にひそむどろどろとしたもの。あまりに大きかった父の期待……不在がちな両親……学校と塾と、左右からしめつける受験体制……優等生だったために、あからさまにひるがえすことのできぬ叛旗《はんき》。いまになって友達面《づら》するほどなら、なぜもっと早く、かれの悩みや苦しみを聞いてやらなかったのだろう。

(それにしても、わからないのは、どうしていまごろになって、恭助を殺したのか)

頬冠《ほおかむ》りすれば、よかったのだ。怜子をひいたのは、少なくとも故意ではなかった。だが、恭助とさらに鉄治まで殺したのは、弁解の余地ない殺人ではないか。

(早い機会に、武くんの気持ちを聞いていたら、ふたつの殺人はふせげたかもしれない……)

なによりもキリコの胸を痛めたのは、留美子の面影である。

(ごめんね、留美子さん)

彼女は、どこまで武の罪を知っていたのだろう。あんな性格の留美子だもの、たとえモービル・ハムのトリックに片棒かつがされたとしても、決して武を疑おうとはしなかったにちがいない。

(でも、もし気がついていたら？)

私たちが出るまでもない、一番に留美子は、武に自首をすすめていたはずだ。

（そして、彼女は、かれがふたたび自由の身になる日を待つ）

ロマンチックだわ、とキリコは思った。幸か不幸か薩次がそんな罪を犯すときがあろうとは、信じられない。

（私たちって、どうしてこんなに散文的なのかしら）

瞼《まぶた》の裏にポテトの顔を描いてみる。大きな丸が顔の輪郭、小さな丸ふたつが目玉で、その下の丸が鼻。ちょんちょんと点をうてば、これがニキビだ。たてから見ても、横から見ても、

（冴えないなあ）

という気持ちをむりやり押さえつけ、ウエディングドレスを着た自分と、モーニングに身をかためたかれを想像して、キリコはたちまちシラけた。

（人生ヤミだね）

思えば長い腐れ縁。このへんで、すっぱりとご縁を切って、新天地を求めるのもわるくないと思いながら、いつかキリコは白河《しらかわ》にぎいこぎいこと夜舟を漕《こ》ぎ出していた。

武が、車ごと人気《ひとけ》のない数寄屋橋公園につっこんで死んだのは、そのあくる朝早くである。

衝突のショックで、ノズルに異常が起こったとみえ、公園の壁泉はいつになく高々と、

宙へ水を噴きあげて、おりからさしそめた陽光に、美しい虹をかけたという。あいにく現場を目撃していたのは、ねぼけ眼《まなこ》の浮浪者だけだったが、検証の結果ブレーキをかけたあとはなく、覚悟の自殺と断定された。

3

事故のあと間もなく、しげみが釈放された。武はなんの意思表示もせず死んでいったが、それをきっかけに警察内部で、かれの犯人説をとなえる者があらわれたようだ。武が犯人か、鉄治の自殺か、どっちにしてもしげみは安全圏にはいったのである。その話を聞いた晩、キリコは薩次をさそって、彼女の家へとんでいった。家に彼女の姿はなく、つぎにさがした「プライバシー」で、踊っているしげみを見た。鬼鍬へ行ったときにくらべると、頰が削ったようにこけ、目ばかりぎらぎらと光っていた。キリコたちに気づくと、たたきつけるように、

「用はないよ」

といい、ふたりが答えるひまもないうちに、突発的に踊りはじめた。ビートの利いたロックのリズムが壁をゆすって、ストロボの閃光《せんこう》があの夜の稲妻みたいに爆発した。

傷ついた若い牝豹《めひょう》は、よく見ると数人の若者にかこまれていた。ひとりがなにかささやきかけると、べつのひとりがしげみの手首をつかんで、ぐいと自分の方へ向かせる。殺人の容疑が晴れたしげみは、当分の間、この小さなつぼのような若い世界で、スターあつかいをうけるのだろう。

奔騰《ほんとう》する音と光の中で、キリコも薩次も、ただぼんやりと立ちつくしていた。そんなふたりを横目で見やったしげみが、若者の耳に口をよせた。読唇術を知っているキリコは、彼女の唇からささやきを読んだ。

「あいつら、恭助のダチ公さ。もうあたしには関係ないよ」

しげみは若者たちと、踊りながら唇をかわした。男のひとりの指が、しげみのぷっくりした胸をはじいた。しげみは髪をふって笑っていた。

「行こうよ」

キリコは薩次をうながして、表へ出た。町はうそのように静かで暗く、ふたりは肩をならべて寒々と歩いた。

「もう彼女は、ぼくたちとは、べつの世界へ行ったんだな」

「恭助を忘れたいんだよ、きっと」

「しげみくん、まだ若いんだもの。時がすべてを解決する……ぼくらが心配しなくてもいいんだ」

いつものように、薩次は年寄りじみたことをいう。

（時が解決する、か）

キリコは、薩次の肩にのった枯れ葉をとってやった。

（そう……これでしげみが、恭助を失った痛手さえ回復すれば、一件落着だわ）

そのときキリコは、留美子のことをうっかりしていた。事件は、まるっきり解決などしていなかったのである。


学期のはじめは、いつもあわただしい。ことに二学期は、学校の行事が目白押しだ。「死をいそぐ少年」として、マスコミをにぎわした武の自殺も、とうに過去のものとなっていた。

いまのご時世、いそがしすぎる。英単語やら歴史の年号、数学の公式、流行語からタレントの誕生日。学習すべき情報は、あまりに多い。

そんな有様だから、キリコも、忘れるともなく事件のことを忘れていた。その彼女に、いやおうなく事件を思い出させてくれたのは、舞いこんだ一通の手紙である。

差出人は、留美子だった。

4

「妙な場所を、指定したもんだね」

薩次にそういわれても、キリコには、

「だって、このビルの屋上と、たしかに書いてあるのよ」

というほかない。

それは、数寄屋橋の角にソニービルとむかいあって立つ、スギタビルの屋上だった。地階から二階までが名店街、その上がオフィスという構成だが、屋上は、つい十日前までビアガーデンをひらいていたので、提灯《ちょうちん》だのよしずだの、残骸《ざんがい》がうずたかく積まれている。金網ごしに見おろすと、交差点を行きかう人の群れが、アリのようだ。おまわりさんふたりが、秋の日ざしを楽しみながら雑談していた。

こんな場所で会おうなんて……留美子はいったいどういうつもりだったのか。がらくたにまじって、ファッション会社のＣＭが描かれたベンチがある。ふたりがそこへ腰をおろしたとき、ガードマンらしい制服の男が、やってきた。

「可能さんに、牧さん……かね？」

「そうです」

ふたりはいよいよふしぎそうに、顔を見合わせた。

「お友達にことずかってきた。はい」

まるで、拍子木《ひょうしぎ》を包んだような代物だ。

「たしかに渡しましたよ。では」

かるく礼を送って、ガードマンは、さっさと行ってしまった。

「まあ……トランシーバーだわ！」

包みをひらいたキリコが、おどろいた。友達というのは留美子にきまっている。なぜ、直接顔を見せないで、こんなものを送りつけたのだろう。キリコはあわただしくロッドアンテナをのばし、スイッチをいれた。

「ハロー、CQ、CQ」

トランシーバーでCQもおかしいが、もしもしと呼ぶよりは、さまになる。すぐ、待ちかまえていたように、留美子の声がはねかえってきた。

「留美子です。ふたり、そろっていらっしゃるのね？　どうぞ」

「もちろんいるけど、なぜここへこないの。なぜこんな手間をかけたの？　どうぞ」

「それはね、名探偵さんのおふたりに、私の話を聞いてほしかったから。あなたたちは、ふたつの殺人事件の犯人を、武さんときめつけた……事故のあと、かれから手紙をもらったの。それで、はじめて知りました。……わるいけど、しばらく私にしゃべらせてね。武さんを犯人と思うのは自由だけど、でもあなたたちは忘れています。エレベーターホールの証人が、『一〇〇六号室をたずねた少年は、小柄だった』といったのを。のっぽの武さんが、どうして小柄に見えたのかしら。あなたたちは、レインコートの女を武さんの変装と思い、犯人に仕立てた。長髪だから、うしろ姿なら女に見える——というのが、解釈ね。では、その反対の解釈もあり得るとは思いませんか？　男が女に変装したのではなく、女が男に変装していた。いいえ、変装というほどのこともないわ。目撃者は田舎の、それも和菓子屋の番頭さんよ。いきなり東京へ出てきて、うしろ姿で男と女の区別がつくもんですか。現に私は、男と思われるなんて、考えてもみなかった……このへんで、いいたいことがおありじゃない？　どうぞ」

「留美子さん！」

キリコの声は、絶叫に近かった。

「それじゃ、それじゃ、鉄治氏を殺したのは……あなただったの！」

「そうよ。キリコさんの説だと、女装した武さんが、フロントでチェックインしたことになるわね。それはむりよ。たとえ顔をかくしても、声はごまかしきれないもの。でも私なら女だから、レインコートとレインハットで、フロントに立ったわ。もうひとつ、モービル・ハムのトリックだけど、あのときの電話のやりとりを、思い出してくださる？」

「……」

「はじめに電話へ出たのは、武さんだった。もし、あなたたちが考えたとおりなら、最初に受話器をとりあげるのは、私のはずじゃないかしら。それに武さんは、あなたの言葉をいちいち復唱した。それは、武さんの車に乗って高速道路をとばしている私に聞かせるため」

「あっ」

と、トランシーバーのこちらで、キリコが叫んだ。

「ザ・トラブルに聞いたとき……見たことのない女が、車を走らせていたとは、いったわ。でもあのときは、オートバイのことしか頭になかったから——」

留美子は、その間もしゃべりつづけていた。

「私は、恭助さんを庭へ呼び出し、木橋の上で刺しました。動機はなんだとおっしゃるの？　ひき逃げした武さんを、かばうため？　そうじゃないわ……動機はね、武さんの書いた小説なのよ！」

（小説？）

キリコたちは、面食らったように顔を見合わせる。小説の一件があったから、ひき逃げの真相を知ることができたのだが、それ以上に、犯行の動機にまでつながろうとは、想像がおよばなかった。

「武さんのお父さんは、武さんの推理小説を、野溝先生に売りこんで、出版をあっせんしてもらった……金儲けひとすじに生きてきた社長さんにとって小説を書く息子の存在が、どんなに自慢だったでしょう。出版がきまる前から、会う人ごとにその話をしたの。武さんが気づいたときは、もうひっこみのつかないほど、上野家の周囲に噂はひろまった……期待と注目をあびて、武さんの小説は世に出ることとなる。だけどそれは、盗作だったんです。恭助さんの……むろん武さんは、そんなつもりじゃなかった。オートバイの荷台にあった作品が気にいったので、それを自分なりに書きかえていた、その原稿をお父さんがみつけて、勝手に野溝久に読ませたのよ。いまさら、『あれは他人のトリックだ』なんていえやしない。それを告白するのは、ひき逃げを白状することでもあるわ。そう、もとはといえばあのオートバイがはじまりだった。武さんは、オートバイに乗りたかったの。それをお父さんにいったら、『あんな危ないものはよせ。お前は大事な上野家のあととりだ。ほしければ、もっと高い車を買ってやる』……だから武さん、車だけは持っていた。でも、安全な箱にはいって運転するのと、体で風を切って走るのとは、大ちがい。武さんにしてみれば、親の翼で雨やどりしながら飛ぶより、なんのつっかい棒もなく自分のエネルギーで思うさま走ってみたかったのね……結果が、怜子さんをはねてしまった。その秘密をおしかくしていたのに、盗作の出版！　もし恭助さんの目にはいったら、おしまいだわ。なやんだ末、武さんは、とうとうおそろしいことを考えつきました。なんのことか、わかります？　新宿駅九番線……あの爆弾の犯人は……武さんでした」
またもや、キリコたちは、あっと叫んだ。
「キリコさん、薩次さん、聞いててくださるわね？　武さんは、原稿にあった住所と名前から、恭助さんの東京の寄宿先をさぐり出しました。あの暑かった日、武さんは恭助さんを追って、新宿駅にはいった……かれひとりを殺せば目立つけど、大勢をまきぞえにすれば安全だ……そんな考えでいたんですって。頭がおかしいと、あなたたちは思うでしょうね。そうかもしれません……恭助さんを殺すのにしくじった武さんは、お父さんにたのんで、わざといっしょの病室にはいることにしたわ。お父さんには、こういったの。『次回作のために、ああいう不良っぽい学生を取材したい』
お父さんは喜んで、院長にたのんで同室させました。ね、キリコさん。ふしぎとは思わなかった？　ひき逃げ事故でむすばれた、武さんと恭助さんが、偶然にもおなじ部屋でベッドをならべるなんて、話が出来すぎていたじゃありませんか。退院してから、武さんは、私に爆弾事件をうちあけました……私、泣いたわ。でも……いま考えると、私もたぶんおかしくなっていたのよね。武さんの小説が、ぶじ出版されるため、こんどは私が恭助さんを……ひょっとしたら私、どこまでも武さんのあとを追いたかったのね。武さんが地獄へおちるなら、私もおちよう！　鬼鍬へ行った私は、恭助さんにすべてを話して、たとえ作品が出版されても、だまっていてほしいとたのみました。恭助さんは、怒った。小説はともかく、ひき逃げについては自分が疑われてるんだから、むりないわ。私は、あきらめて東京へ帰るふりをしました。橋の上で、恭助さんが板をふみぬいた、それがきっかけになったんです。私は、プラスドライバーをけずった得物《えもの》で、恭助さんを刺した！　ああ、そのときの恭助さん……なんといったと思う？　口からごぼりと血の泡をふいて、あれは笑ったつもりかしら……かすれた声でいいました。

『そんなにお前、あいつのことが好きなのか』

すすりあげる声がして、トランシーバーは、しばらく石のようにだまりこくった。

「叔父さんがかけつけたとき、恭助さんかすかに息があったんですって。

『武、留美子、うまくやれ』

それだけいって死んだんですって。……その言葉から、叔父さんは、てっきり武さんを犯人と考えて……だから、ふくべの鬼でおどかすつもりでいたんです。ホテルへはいった私が、『犯人です』と名のったら、目をまるくしていたわ。武さんも私も、お金ですむらと思っていました。ところが叔父さんは、私を見て、いやらしいことをいいだしたの……金だけではなく、私の体も……その言葉があの人の死を決めました。万一のために、私は密室工作をして逃げる計画でいたんです。恭助さんの血を吸った凶器も、もっていました。あとは、行動だけでした……その密室のために、しげみさんが疑われるなんて、私、夢にも思わなかったのよ。あなたたちに、犯行の大部分を見やぶられた武さんは、私に罪を及ぼさないよう、だまってひとりで死んでいった……九番線の死者、恭助さん、叔父さん、しげみさん、みんなにお詫びするつもりで、ひとりで……淋《さび》しかったでしょう、武さん！　ああ、あなたたちは、私に質問なさりたいのね、どうして私だけ、おめおめ生きのこっているのか。ともに地獄へおちる覚悟はどうしたのか、私が今日まで、魂のない人間みたいに生きていたのは、武さんの小説……大勢のいけにえが献《ささ》げられた作品が、出版され、評判になるところを、この目で見たかったから……それなのに……なんて、おかしな話でしょう」

トランシーバーの中で、留美子が笑っていた。キリコはぞっとしたように叫んだ。

「なにがおかしいの。留美子さん、留美子さん！」

一方通話のトランシーバーで、声が届くわけもなかった。ようやく笑いおさめた留美子は、またもとの平坦な口調にかえって、

「あまり上梓がおそいので、きのう、野溝先生に電話して、様子をうかがったの。上野の身よりですけどといって……先生、とても困っていたわ。

『あのときは上野さんにああいったが、よく読んでみると、とうていゼニのとれる話じゃない。いずれ、おりを見てあきらめてもらうつもりでいたんだ』

私が思わず、

『じゃあ先生は、うそをついたの！』

といったら、野溝先生は笑ったわ。

『うそつきよばわりされては、かなわん。おとな同士のつきあいだよ。きみ、わかってくれよ』……

いくら待っても、武さんの本なぞ出るもんですか！

ねえ、キリコさん。

私はね、ホテルで叔父さんに会ったとき、こんなことをいわれたの。

『お前らは、鬼だ！　体の中にかよってる血は、氷のようにつべてえにちげえねえ』

叔父さんの手に、あのふくべの鬼がありました……大口あけて、牙をむいて、髭をはやして笑っていました。

鬼！

そうかもしれないと、思ったの。

罪もない大勢の人に爆弾を投げ、おそろしい音をたててマシンを乗り回し、ロボットのように学科を記憶し、……おとなから見れば私たちは鬼っ子。伝説の鬼のように、私たちの血は、体温を失っているのかしら。

だけど、それじゃあ、私を「鬼」と呼んだ叔父さんはなんなの？

私の手をにぎって、

『抱かせてくれたら忘れてやる』

といったあいつ！

恭助さんのお通夜の有様、あなたたちに聞かせてもらったわね。どじょう髭のもと検査役が、もと議員さんが、若者をおだて、だまし、利用しようと懸命になってる……そのくせ腹の底では、若者を軽蔑し、毛ぎらいし、「鬼」だと思っているおとなたち！

私たちの血がつめたいというんなら、あの人たちの血は凍りついてる！

だけど、ねえ、キリコさん……

野溝久のいいわけを聞いているうちに、私は、なんともいえず滑稽になってきちゃった……おとなはきらい、信用できないなあんていいながら、けっきょく武さんも私も、そのおとなの空手形にふり回されていたんだもの！

ベンチに坐った私の前を、おとしものでもしたみたいに、せかせか歩く人間たち。みんな、血がつめたいわ。凍りついてるわ。鬼よ、鬼！　鬼、鬼、鬼、鬼だらけ！

ああ、おしゃべりしすぎて疲れちゃった……三当四落、テストはきびしい、眠いなあ……だけど、いいの。薬をのんで、ゆっくり、武さんといっしょに眠る。知らないでしょう、この数寄屋橋公園はねえ、武さんと私が生まれてはじめてデートした場所なの……じゃあ」

声は途絶えた。

キリコと薩次は、公園側の金網に飛びついた。

ビルに囲まれた、ひとにぎりほどの緑と泉。その中央の白いベンチに、白いワンピースの少女が、体をくの字にして倒れていた。秋の午睡《ごすい》を満喫しているかのようなその姿を、通行人は無関心にながめ、無責任に通りすぎてゆく。むこうのポリスボックスでは、おまわりさんが、交通整理にいそがしそうだった。

終幕　幕はもうあがらない

「……交通整理にいそがしそうだった」

書きおえて、私は大きくのびをした。

できた。

どうにか、作品がしあがった。

私は、がらんとした夜の編集部を見回した。

机の上に、一通の封書がのっている。差出人は百合子だった。

私――編集部の石田正己は、きっちりとたたまれた便箋《びんせん》をひきだして、もういちど、はじめから目を通した。

石田様。

あなたがこの手紙をお読みになる時分には、おそらく私は生きておりません。三年前、崇さんのあとを追って死ぬはずだった私ですもの、心のこりはない……と申せば、うそになります。それはむろん、三幕の二場、

「秋の日に照らされて、ふたりはおもくるしい顔を」

で筆を折った私たちの小説のことです。

私たち――私とかれら――私と崇さんと数谷京太郎さんの、合作による小説が、未完でおわることのくやしさ！

京太郎さんの書いた小説は、第一の密室をメイントリックにしていました。いかにして密室はつくられたか、ではなくて、なぜ密室がつくられたか。それも、意味のない密室をつくってしまったぼんやりの犯人に、かえって探偵が混乱させられる。そんな話だったのです。

皮肉でした。これは私が、京太郎さんの叔父さんから聞いたことですが、プレハブのパネルをずらして、出入り口にするアイディアは、雑談で京太郎さんが洩らしたことを、おぼえていたのだそうです。京太郎さんは、小説のトリックを、つい口に出してしまったにちがいありません。いくらもと大工さんでも、とっさの場合そんな智恵の出る叔父さんではないと、不審に思っていただけに、作者であり被害者である京太郎さん自身のヒントが、現実の事件でも密室をつくらせたのですね。

崇さんは、原稿の上での盗作ですが、叔父さんは、現実の事件で盗用したのです。しかも、推理小説になんの興味もなかった叔父さんは、京太郎さんの話をかんちがいしておぼえていました。

密室を完成するのに、凶器は必要ないのだ、と――

叔父さんのかんちがいをお笑いになりますか。でも、実際の事件に登場する人間なんて、その程度に頭の回転がわるいんですよ。冷静沈着明敏な犯人だの探偵だの、みんな絵空ごとだと思うんです。

現に、この私のかるはずみなこと！

第二の密室は、京太郎さんのトリックではありません。私自身のトリック——というより体験です。

(こんなことを書けば、自分の犯罪を白状するようなものだ)

とあやぶみながら、軽率にも私は、とうとう書き綴《つづ》ってしまいました。あるいは犯罪者の、自己顕示欲であったかもしれません。機械好きな私は、あの種のおもちゃをいくつも買いこんで、手製のラジコンをつけて、遊んでいました。勉強にあきたときの私の、たったひとつの娯楽として。

ご想像できますか？ 十七になる娘が真夜中に、SLならまだしも、カニだのヘビだのを模したロボット玩具を、ジージーと這《は》わせたりくねらせたりして、うす笑いをうかべている様子を……

そして、崇さんの唯一の娯楽は、絶対に勉強の役にたたない、小説の文字で、原稿の枡《ます》目《め》をうめることでした。

京太郎さんの小説では、犯人は叔父さんをモデルにした人物でしたが、崇さんは、それにモービル・ハムのトリックをもりこみました。京太郎さんの文章が大幅にはいっていますから、盗作の汚名は逃れるわけにはゆきませんが、崇さんは崇さんなりに工夫していたんです。

……でも、かれは、けっきょくのところ弱虫でした。

ホテルの事件で、京太郎さんの彼女が容疑者となると、かれは私にもだまって自殺してしまいました。

エゴイストとよばれるのを承知で、私は申します。ほかのだれが死のうが、疑われようが、崇さんだけは生きていてほしかった！……と。

私は、あとを追おうとして、思いとどまりました。京太郎さんの第一稿に肉づけした、崇さんの小説。たとえ盗作であっても、その裏には崇さんの哀しみ、憤《いきどお》りが流れています。

私も、中学のころから書くことは好きな方でした。

（崇さんのため、京太郎さんのため）

私は、小説を、私なりに完成させようと考えて、現実に起こった新宿駅事件、ホテルの殺人を前後に書き足しました。

その結果、あなたに、私が事件の犯人であることを見やぶられたのです。

いつか、こうなるのではないか——そんな危惧が、心のどこかにあったことは事実です。

だからこの手紙も、あらかじめ書いたものを、バッグにしのばせていたのです。

もし私が、これを投函するようなことがあったら——あなたの目にふれるようなときが来たら……最初に申しましたとおり、私はすでに死んでおります。

ああ、せめて作品を完成させたかった！　ひえた血が流れるわたしたち鬼の子の墓碑銘として、終幕まで書きおえて、あなたから、

「出版します」

という言葉を聞かせていただきとう存じました。……


ふと私は、目をうつした。

ひらかれたスクラップブックに、新聞のきりぬき。

数寄屋橋で死んだ百合子の写真が、記事の中から、笑いかけている。

私は、彼女の手紙と写真から、無言の激励をうけて、第四幕以後を書き継いだ。手紙には爆弾事件のことから、モービル・ハムのトリックまで、詳細な説明があったので、いわば百合子にリモコンされたようなものだ。それでも写真の彼女は、私にねぎらいの言葉をかけてくれた。

〝そんなことはありません。あなたもやはり、作者のひとりだわ……私を死に追いやった、憎い探偵さんだけど〟

「なるほど」

とつぶやいたときの私は、もういつもの編集者の顔にかえっていた。

これは、コピーに使えそうだぞ。いよいよこの物語が売り出されるとき、私は出版広告に、こういうぐあいに書いてやるのだ。

作者は　被害者です
作者は　犯人です
作者は　探偵です
この作品は　そんな推理小説です

赤い夢のサブリミナル効果とインプリンティング

はやみねかおる

どうも、児童向け推理小説書きの、はやみねかおるです。

☆

『インプリンティング』と『サブリミナル効果』について、少し書かせてください。(「ここからは、解説原稿じゃなかったのか？　どうして、『インプリンティング』や『サブリミナル効果』の話になるんだ？」と思われるかもしれませんが、しばらくおつきあいください)

ぼくは、テレビ好きの子どもでした。特に、特撮とアニメ番組が好きでした。正確かつ正直に書くと、今も好きです。

アニメ——ぼくらの世代では、『テレビマンガ』とか『マンガ映画』って言う方がピンときます――を見終わったら、画面を見ながら、近所の従兄弟とエンディングテーマ曲を歌うのが定番でした。

ヒーローの大活躍に満足し、エンディングテーマを歌う。頭の中は、「ああ、おもしろかった！」という気持ちでいっぱいです。

そのとき、画面を見ているぼくの脳は、しっかり『脚本：辻真先』という文字を見ていたのです。

☆

卵から孵《かえ》ったヒナは、最初に動くものを親だと思うらしいです。ホウキを見てしまったヒナは、掃除のたびにホウキの後をついてまわるそうです。これを、インプリンティング（刷り込み）といいます。

また、映画やテレビの画面にメッセージを含んだコマを挿入し、人間の深層心理に働きかけるサブリミナル効果というものもあります。嘘か本当か、映画のフィルムに、ポップコーンの写ったコマを挿入したら、売店でポップコーンの売り上げが伸びたという話もあります。

子どものときのぼくは、おもしろかったテレビマンガを見るたびに、『脚本：辻真先』という文字と、『おもしろかった！』という満足感を刷り込まれていたのです。

そして、深層心理に刷り込まれた『辻真先』の文字が発動するときがきました。

☆

ぼくが、高校生のときです。

一冊の推理小説に出逢いました。大和書房版の『アリスの国の殺人』です。

このときのぼくは、いっぱしの推理小説好きになっていて、いつもおもしろい推理小説を探していたのです。

表紙を見てみると、大きなチェシャ猫が描かれたイラスト。中を見て、驚きました。

目次が、ゆらりくるりと踊っている。（わかりにくい表現ですが、そんな感じなのです）

それに、章によって、二段組みと一段組みの部分がある。

極めつけは、ニャロメ。いえ、ニャロメだけでなく、ヒゲオヤジも鉄人28号も、他にもいっぱいマンガやアニメのキャラが登場している……。（しかも、無駄に登場していない）

「どうして、大人が書いた小説に、こんなにマンガやアニメのキャラクターが出てくるんだ？」

今までに、そういう本を読んだことがなかったぼくは、「大人は、小説にマンガのキャラを出さない」という勝手な思い込みをしていたのです。

「どんな人が、書いたんだ？」――ぼくは、あらためて著者名『辻真先』の文字を見ました。

会っている。すでに、ぼくは、この人が書いたものに会っている……。

そして、本のカバーに書かれていた著者略歴を見て、納得しました。
●アニメ脚本――「エイトマン」「ジャングル大帝」「サイボーグ009」
そう、このときに『辻真先』の文字と『おもしろかった!』という感情は発動し、ぼくは辻作品を読み漁《あさ》るようになっていったのです。

もし、あなたが、ぼくとよく似た世代で、テレビマンガ好きで育ったとしたら、ここまで書いてきたことに納得していただけると思います。

☆

さて、本書『盗作・高校殺人事件』です。

困りました……。

今、考えられるパターンは、二つ。

一つは、あなたが物語を読み終えて、この解説を読んでいる場合。

そのときは、もうなにも書くことは、ありませんね。

大きく広げられた風呂敷が、きれいに畳まれるのを見るように、すっきり騙《だま》されて、満足な気持ちでおられることでしょう。

ぼくの下手な文を読んで、読後感を台無しにすることもありません。ソッと、本を閉じましょう。(パタン)

もう一つは、あなたが物語を読む前に、解説を読んでるパターン。

さて、困った……。

『辻真先＝おもしろい』という刷り込みを受けている人間には、下手な解説など不要なのです。

だって、

〝作者は　被害者です

作者は　犯人です

作者は　探偵です

この作品は　そんな推理小説です〟

——この物語の終幕に書かれている文章です。

「なに？　作者が被害者で犯人で、探偵？　そんな不可能なことが書かれてるのか？」

——こう思ったあなたは、解説など読むこともなく、さっそく物語を読み始めるでしょう。そうなると、もう解説の役割はなくなってしまうのです。

もし、もう少し解説に付き合ってやろうという方がいるなら、本書のワクワクする部分を紹介させていただきます。

消失する幽霊騒動、密室殺人事件が二つ、雰囲気を盛り上げる鬼の面、無駄のない構成、なにかありそうな章立て——本格推理小説が好きな人なら、本書を読まずにいられないでしょう。（この段階で、解説を読む人がいなくなったような気もします）

とにかく、読んでみてください。

本格推理小説が好きな方なら、必ず満足していただけると思います。

☆

探偵役のポテト&スーパーについて、少し書かせてもらいます。

ポテト——本名、牧薩次。ポテトという通称は、その風貌から。牧薩次という名前は……みなさん、わかりますよね？

スーパーこと、可能キリコ。スーパーという通称は、家がスーパーマーケットを経営していることよりも、スーパーウーマンということから。

無敵のコンビです。

辻真先作品には、多くのシリーズ探偵がいますが、その中でもポテト&スーパーは、ぼくの中で、好きな探偵の上位に位置しています。

本書では、高校生の二人。現代の高校生が読むと、感覚的にズレたところもあるかもしれませんが、ぼくは懐かしく読めました。

なにより、大人に対しての考え方。

物語の中に、「若いもんの気持ちは、わかっとるつもりだ」と、ひきつったような微笑《ほほえ》みを見せる大人に、少年少女は、（わかってるつもりの人が、一番わかってないんです）という意味の笑いを見せる。――こういう文章が出てきます。

……そうなんですよね。

いつだって、大人は「わかってる」という顔をし、若者は「わかってないよ」という顔をする。大人になった今、わかります。

ポテトとスーパーも、どんどん成長していきます。『本格・結婚殺人事件』では、とうとうゴールインします。

成長していくにしたがって、変わっていく部分と、変わらない部分。

そういう変化を見ることができるので、ぼくは、このコンビが好きなんでしょうかね？

☆

今、ぼくの机の上には、解説を書くために出してきた辻真先作品が、山積みされています。山積みというのは、大げさな表現ではありません。文字どおり、本が山のように積まれています。

すごい量です。

何かで読んだのですが、辻真先氏は、喫茶店で打ち合わせをし、同時に手は脚本を書き、頭では違う話の構成をしていたそうです。

それぐらいの能力がないと、こんなにたくさんの本を書くことはできないんでしょうね。

ぼくたちの世代は、子どものとき辻真先脚本のアニメで育ち、大きくなってアニメを見なくなっても（ぼくは、見てますが）、辻真先著の推理小説がある。――考えてみるとすごく幸せな世代なんですね。

☆

『仮題・中学殺人事件』、本書、『改訂・受験殺人事件』の三部作の中で、ぼくは、本書が一番好きなんです。

なぜか？

それは、ポテトとスーパーの、あるシーンが書かれているからです。

どんなシーンかって？　それは、本書を読んでみてください。ポテト&スーパーのシリーズでは、とても貴重なシーンですから。

では！

Good Night, And Have A Nice Dream.

著者紹介　1932年愛知県生まれ。名古屋大学卒業後、NHKを経て、テレビアニメの脚本家として活躍。72年『仮題・中学殺人事件』を刊行。82年『アリスの国の殺人』で第35回日本推理作家協会賞を、2009年に牧薩次名義で刊行した『完全恋愛』が第9回本格ミステリ大賞を受賞。19年に第23回日本ミステリー文学大賞を受賞。

検印
廃止

盗作・高校殺人事件

2004年6月9日　初版
2009年6月3日　2版
新装新版　2023年7月7日　初版

著者　辻《つじ》　真《ま》先《さき》

発行所　(株) 東京創元社
代表者　渋谷健太郎

162-0814/東京都新宿区新小川町1-5
電話　03・3268・8231-営業部
03・3268・8204-編集部
URL　http://www.tsogen.co.jp
晩印刷・本間製本

乱丁・落丁本は、ご面倒ですが小社までご送付ください。送料小社負担にてお取替えいたします。

ISBN978-4-488-40520-5　C0193